주 석 달 린

어린 왕자

주 석 달 린
어린 왕자

Le Petit Prince

앙투안 드 생텍쥐페리 지음 ― 김진하 옮김

P 필로소픽

레옹 베르트에게

이 책을 어떤 어른에게 헌정하는 것에 대해 어린이들에
게 용서를 구합니다. 나에게는 중요한 이유가 있습니다.
그 어른은 세상에서 가장 소중한 제 친구입니다. 다른
이유가 하나 더 있습니다. 그 어른은 무엇이든 다, 어린
이를 위한 책들도 이해할 수 있습니다. 세 번째 이유가
있습니다. 그 어른은 지금 프랑스에 살고 있는데, 거기
서 배고픔과 추위를 겪고 있습니다. 그에게는 정말로 위
로가 필요합니다. 만약 이 모든 용서의 이유로도 충분하
지 않다면, 나는 한때는 어린이였던 그에게 이 책을 바
치고 싶습니다. 어른들은 누구나 처음에는 어린이였으
니까요(그러나 어른들 중에 그걸 기억하는 사람은 드뭅니
다). 그래서 나는 헌사를 이렇게 고치겠습니다.

어린 소년이었을 때의 레옹 베르트*에게

『어린왕자』의 헌사에 나오는 친구 레옹 베르트(Léon Werth, 1878~1955)는 생텍쥐페리보다 스물두 살이나 많은 작가였다. 그는 20대 초반부터 일간지와 문예지에 비평을 발표하였으며 1913년에 발표한 『하얀 집』으로 주목받기 시작했다. 생텍쥐페리는 1931년에 발표한 『야간비행』으로 페미나 상을 받았는데 이 무렵 레옹 베르트를 만나 교류를 시작했다. 두 사람의 교류는 계속 이어졌고 생텍쥐페리가 전쟁 중 미국으로 떠나기 직전에는 함께 생활하기도 했다. 생텍쥐페리는 『인간의 대지』와 『전시 조종사』를 간행할 때 레옹 베르트에게 보내는 헌정본을 별도로 인쇄했으며 미국 체류 중에 레옹 베르트의 작품에 붙일 머리말로 「어느 인질에게 보내는 편지」를 쓰기도 했다. 그리고 『어린 왕자』에서는 본문에 붙이는 헌사를 온전히 그에 바쳤다. 이 헌사는 본문과 별개로 "레옹 베르트에게"로 시작하여 "어린 소년이었을 때의 레옹 베르트에게"로 변화되면서 본문의 일부로 결합되었다. 친구라고 하면 또래 나이를 연상하는 우리 독자들은 나이 차이가 큰 이 두 사람이 깊은 우정과 연대감으로 이어진 친구였음에 새삼 주목할 필요가 있다. 레옹 베르트는 생텍쥐페리 사후에 『생텍쥐페리에 대한 추억』을 간행했다.

차례

I

여섯 살 무렵 나는 '체험한 이야기들'이라는 제목이 붙은 원시림에 관한 책에서 굉장히 멋진 그림을 본 적이 있다. 야수 한 마리를 삼킨 보아뱀을 보여주고 있었는데, 이것은 그 그림을 베낀 것이다.

그 책에는 이렇게 씌어 있었다. "보아뱀들은 먹이를 씹지 않고 통째로 삼킨다. 그러고는 움직일 수가 없어서 그 먹이를 소화하는 여섯 달 동안 잠을 잔다."

그래서 나는 정글의 모험들에 대해 많이 생각해보았다. 그리고 나도 색연필로 내 최초의 그림을 그려내는 데 성공했다. 나의 데생 1호는 이랬다.

나는 내 걸작을 어른들한테 보여주며 그림이 무섭지 않으냐고 물어보았다.

어른들은 내게 "모자가 왜 무섭겠니?"라고 대답했다.

내 그림은 모자를 그린 것이 아니었다. 그것은 코끼리 한 마리를 소화시키고 있는 보아뱀을 나타낸 것이었다. 그래서 나는 어른들이 이해할 수 있도록 보아뱀의 뱃속을 그렸다. 어른들에게는 언제나 설명을 해주어야 한다. 나의 데생 2호는 이랬다.

어른들은 속이 보이거나 안 보이거나 하는 보아뱀 그림들은 치워두고 차라리 지리와 역사, 산수, 문법에 흥미를 붙이라고

내게 권유했다. 그래서 나는 여섯 살에, 화가라는 멋진 직업의 길을 포기했다. 데생 1호와 데생 2호의 실패로 용기를 잃어버렸던 것이다. 어른들은 혼자서는 결코 아무것도 이해하지 못한다. 그리고 맨날 맨날 어른들에게 설명을 한다는 건 아이들에게는 피곤한 일이다.

그래서 나는 다른 직업을 선택해야만 했다. 그리고 비행기 조종을 배웠다. 나는 거의 세상 모든 곳을 날아다녔다. 그리고 맞다, 지리 공부는 내게 많은 도움이 되었다. 나는 중국과 애리조나를 첫눈에 구별할 줄 알았다. 밤중에 길을 잃었을 때 지리 공부는 큰 도움이 된다.

그렇게 나는 살아오는 동안 수많은 진지한 사람들과 수많은 만남을 가졌다. 나는 어른들과 함께 많이 지내봤다. 어른들을 아주 가까이서 보았다. 그런 사실이 어른들에 대한 나의 견해를 그다지 좋게 바꿔주지는 못했다.

조금 명석해 보이는 어른을 만날 때면 나는 항상 지니고 다니던 나의 데생 1호로 시험을 해보곤 했다. 나는 그 어른이 정말로 이해력이 있는지 알고 싶었다. 그러나 언제나 그 어른은 내게 "모자네, 뭐."라고 대답하곤 했다. 그러면 나는 보아뱀이니 원시림이니 별에 대해서는 말하지 않았다. 나는 그의 이해력의 한계에 나를 맞추곤 했다. 나는 브리지 게임이나, 골프, 정치, 넥타이 이야기를 하곤 했다. 그러면 그 어른은 꽤 이성적인 사람을 알게 되었다고 아주 만족스러워했다….

II

그렇게 나는 6년 전 사하라 사막에서 사고를 당하기 전에는 진심으로 대화를 나눌 사람이 없이 홀로 지냈다.* 그때 나는 비행기 모터에서 뭔가가 망가지는 사고를 당했다. 그런데 기관사도 탑승객도 없었기 때문에 어려운 수리를 혼자서 해보자고 마음먹었다. 그것은 내가 사느냐 죽느냐 하는 문제였다. 마실 물은 가까스로 일주일치밖에 없었다.

첫날밤 나는 그래서 사람들이 사는 모든 땅에서 천 마일이나

---

* 작가 생텍쥐페리는 비행기 조종사로서의 삶과 작가로서의 삶을 완전히 일치시켰다. 작가의 직업 생활은 대부분 비행과 관련되어 있고 그의 작품들은 모두 비행기 조종을 하며 체험한 일들과 그런 상황에서 촉발된 사색으로 이루어진다. 그의 작품 속 일인칭 화자는 바로 비행사로서의 작가 자신이다. 따라서 여기서 화자가 말하는 6년 전의 비행기 불시착은 작가가 1935년 12월 30일에 리비아 사막에 불시착했던 일을 가리킨다. 그는 동승한 정비공 프레보와 5일 동안 사막을 걷다가 베두인 유목민들에게 구조되었다. 이때의 경험은 『인간의 대지』 7장 「사막 한가운데에서」에 나오는데, 소설에서는 정비공도 없이 홀로 겪은 사건으로 가공하고 있다.

떨어진 모래 위에서 잠들었다. 나는 뗏목을 타고 대양 한가운데서 난파한 사람보다도 훨씬 더 고립되어 있었다. 그러니 여러분은 동틀 무렵 이상한 작은 목소리가 나를 깨웠을 때 내가 얼마나 놀랐을지 상상할 수 있을 것이다. 그 목소리는 이렇게 말하고 있었다.

"저기… 양을 한 마리 그려줘!"

"뭐라고!"

"양을 한 마리 그려줘…."

나는 마치 벼락을 맞은 것처럼 펄쩍 뛰었다. 두 눈을 꼭꼭 비볐다. 자세히 바라보았다. 그러자 진지한 표정으로 나를 들여다보고 있는 정말로 이상하게 생긴 조그만 꼬마가 보였다. 이것은 훗날 내가 그리는 데 성공한 가장 잘된 초상화다. 하지만 내 그림은 당연히 그 꼬마의 본모습보다는 훨씬 매력이 없다. 그건 내 잘못이 아니다. 나는 여섯 살에 어른들 때문에 화가라는 직업에 의욕을 잃어버렸고, 속이 안 보이는 보아뱀과 속이 보이는 보아뱀을 그려본 것을 제외하면, 그림 그리는 걸 아무것도 배우지 못했기 때문이다.

아무튼 나는 놀라 휘둥그레진 눈으로 갑자기 나타난 그 꼬마의 모습을 바라보았다. 내가 사람이 사는 지역에서 천 마일이나 떨어진 곳에 있었다는 점을 잊지 마시라. 그런데 그 꼬마는 내가 보기엔 길을 잃은 것 같지도 않았고, 죽도록 지치지도, 죽도록 배가 고프지도, 죽도록 목이 마르지도, 죽도록 무섭지도 않은 것 같았다. 사람이 사는 곳에서 천 마일이나 떨어진 사막 한가운데서 길을 잃은 아이의 모습이 전혀 아니었다. 간신히 입을 열 수 있게 되자 나는 그에게 말했다.

"그런데… 넌 여기서 뭐 하니?"

그러자 그 아이는 아주 나긋이, 아주 중요한 것에 대해 말하듯, 되풀이해서 내게 말했다.

"부탁이야…. 양을 한 마리 그려줘…."

우리는 신비로움의 인상이 너무 강렬할 때는 감히 거역할 수 없게 된다. 사람들이 사는 모든 거주지에서 천 마일이나 떨어져 있고 또 죽음의 위협을 받고 있는 처지에 그렇게 하는 것이 엉뚱하다는 생각은 들었지만, 나는 호주머니에서 종이 한 장과 만년필을 꺼냈다. 그런데 그때 나는 무엇보다도 지리와 역사, 산수와 문법만 공부했다는 생각이 났다. 그래서 그 꼬마에게 (조금은 기분이 상해서) 그림을 그릴 줄 모른다고 말했다. 그가 대답했다.

"괜찮아. 양을 한 마리 그려줘."

나는 한번도 양을 그려본 적이 없었으므로, 내가 그릴 수 있었던 딱 두 가지 그림 가운데 하나를 그를 위해 다시 그렸다. 속이 안 보이는 보아뱀 그림이었다. 그런데 나는 그 꼬마가 대답하는 말을 듣고는 어안이 벙벙해졌다.

"아니야! 아니야! 난 보아뱀 속에 들어간 코끼리 같은 건 싫어. 보아뱀은 너무 위험해. 또 코끼리는 너무 거추장스럽고. 내가 사는 곳은 아주 작아. 난 양 한 마리만 있으면 돼. 양을 한 마리 그려줘."

이것은 훗날 내가 그리는 데 성공한
가장 잘된 초상화다.

그래서 나는 그림을 그렸다.

그는 찬찬히 바라보았다. 그러고는,

"아니야! 얘는 벌써 몹시 병든 것 같아.

다른 거 하나 더 그려줘."

나는 그렸다.

내 친구는 친절하고 너그럽게 웃었다.

"잘 봐…. 이건 암양이 아니야.

숫양이야. 뿔이 있잖아…."

그래서 나는 다시 그림을 그렸다.

그런데 그것도 앞엣것들처럼 거절당했다.

"얘는 너무 늙었어. 난 오래 사는 어린 양

을 갖고 싶어."

그때 나는 비행기 모터를 해체하고 싶어

어린 왕자가 그려달라고 한 것은 양(mouton)이다. 그런데 비행사가 그림을 대충 그려서 주자 어린 왕자는 그것이 양이 아니라 뿔이 달린 큰 숫양(bélier)이라며 오래 살 수 있는 어린 양을 그려달라고 한다. 이 부분의 번역들이 흥미롭다. 일찍이 안응렬은 "그건 양이 아니고 염소잖아. 뿔이 있으니 말이야…."라고 옮겼다. 우리말이나 문화에 비추어보면, 프랑스어 단어 'mouton'과 'bélier'를 양과 염소로 구분해 옮긴 것은 이해의 편의상 더할 것 없이 명확하다. 그런데 나중에 프랑스어의 정확성을 주장하는 번역자들은 이것을 오역으로 규정했다. 그래서 김화영은 "그건 양이 아니라 숫양이잖아."로, 황현산은 "이게 아니야. 이건 숫양이야."로 옮겼다. 전성기는 "얘는 수놈이잖아. 뿔이 있어."로 옮겨서 "그건 양이 아니야"를 뺐다. 그런데 양과 염소로 대비하여 옮길 때는 더없이 명확하던

참을 수 없을 정도로 마음이 조급했기 때문에 되는대로 다음과 같은 그림을 그렸다.

그러고는 내뱉듯 말했다.

"자, 이건 상자야. 네가 갖고 싶어 하는 양은 그 안에 있어."

그런데 나는 그 어린 그림 감정가의 얼굴이 환하게 밝아지는 것을 보고 몹시 놀랐다.

"내가 갖고 싶었던 게 바로 이런 거야! 이 양한테 풀을 많이 주어야 할까?"

것이 '양과 숫양'으로 옮기자 비논리가 발생한다. '이것은 양이 아니라 숫양이다'라는 문장은 소위 전체와 부분의 모순을 담은 비문이다.

한편, 우리가 보통 양 떼 목장에서 보는 양들은 프랑스어로 'mouton'(영어로는 'sheep')이라고 한다. 양고기나 양모를 얻기 위해 기르는 양은 모두 'mouton'이다. 성의 구별이 무의미하다. 숫양도 거세해버리기 때문이다. 그림에서처럼 뿔이 우뚝 솟은 양은 다 큰 숫양이며 보통 씨숫양이다. 큰 숫양은 양 떼 속의 흔한 양과는 전혀 다른 예외이다. 프랑스어 'bélier'를 숫양이라고 해도 암양(brebis)과 숫양의 구분은 어린 양(agneau)에게는 해당되지 않는다. 그래서 양(mouton)이라는 단어의 번역에는 어휘상의 구별과 더불어 목축문화에 대한 이해가 필요하다. 하지만 이런 지식은 지식일 뿐 번역은 다시 텍스트로 돌아가서 성립된다. 어린 왕자가 요구하는 양은 병들지 않고 늙지도 않고 뿔도 없는, 그냥 보통의 양이다.

"왜?"

"왜냐면 내가 사는 곳은 아주 작거든….”

"틀림없이 풀은 넉넉할 거야. 내가 준 건 아주 작은 양이니까.”

그는 그림으로 고개를 숙였다.

"그렇게 작지도 않은데…. 이것 봐! 잠들었어….”

그렇게 해서 나는 어린 왕자를 알게 되었다. •

⁕

•   1장의 마지막 문장에 "꽤 이성적인 사람을 알게 되었다고”라는 말이 나온
것처럼 2장의 마지막 문장에는 "어린 왕자를 알게 되었다”라는 말이 나온
다. 나중에 점차 밝혀지는 것처럼, '어떤 사람을 안다'는 말은 관계의 시작
일 뿐 상호 간의 깊은 이해를 의미하지는 않는다. 그런데 대개 사람들은
어떤 사람을 아는 데 그친다.

III

어린 왕자가 어디서 왔는지 이해하기까지는 오랜 시간이 걸렸다.[*] 어린 왕자는 내게 질문을 많이 던지면서도 나의 질문들에는 전혀 귀를 기울이는 것 같지 않았다. 모든 것은 그가 우연히 내비치는 말들을 통해 조금씩 드러났다. 그런 식이었는데, 처음으로 내 비행기를 보았을 때(비행기는 그리지 않겠다. 그건 내가 그리기엔 훨씬 더 까다로운 그림이다) 그는 내게 이렇게 물었다.

"이 물건은 대체 뭐야?"

● 이 문장은 눈여겨볼 필요가 있다. 바로 앞 장에서 비행사는 어린 왕자를 알게 되었고, 앞으로 일주일 동안 어린 왕자를 만나며 그를 이해하게 될 것이다. 이해하기에서 가장 중요한 요소 중 하나는 시간이다. 비행사는 어린 왕자를 조금씩 알아간다. 어린 왕자의 말에서 직접적으로 뭔가를 알아내기는 어렵다. 어린 왕자는 자신에 대해 서둘러 말하지 않고 뭔가를 조금씩 내비치는 것을 통해서만 알려주기 때문이다. 그러니까 누군가를 이해하려면 관심을 두고 함께 보내는 시간이 필요하다. 작품 속에서 작가가 시간과 시점을 끊임없이 환기하는 것도 이와 관련된다. 어린 왕자와 비행사는 함께 보내는 시간 속에서 서로 길들여지고 서로 이해하게 된다.

"그건 물건이 아니야. 날아다니는 거야. 비행기야. 내 비행기."

나는 내가 날아다닌다는 사실을 그에게 알려주는 것이 자랑스러웠다. 그러자 그가 큰 소리로 말했다.

"뭐라고! 그럼 하늘에서 떨어졌어?"

나는 겸손하게 말했다.

"그래."

"와! 그거 웃긴다! …"

그리고 어린 왕자는 아주 유쾌한 웃음을 터뜨렸는데, 그 웃음에 나는 기분이 몹시 언짢아졌다. 나는 사람들이 내가 겪은 불행들을 진지하게 대해주면 좋겠다. 이어서 어린 왕자가 덧붙여 말했다.

"그럼 아저씨도 하늘에서 왔네! 아저씨는 어느 별에서 왔어?"

그 순간 나는 언뜻 그 신비로운 존재에게서 한 가닥 희미한 빛을 보았다.

"그럼 너는 어디 다른 별에서 온 거니?"

그러나 그는 내 말에 대답하지 않았다. 다만 비행기를 바라보면서 살짝 고개를 끄덕일 뿐이었다.

"사실 말인데, 이런 걸 타고는, 그다지 멀리서 올 수는 없겠는걸…."

그리고 그는 한참 동안 상념에 잠겼다. 이어서 호주머니에서 내가 그려준 양을 꺼내고는 그 보물을 골똘히 응시했다.

"다른 별"이라는 이런 절반의 고백에 내가 얼마나 궁금해졌을

• 어린 왕자는 다른 행성, 우리 눈에 보이지 않는 아득히 먼 곳의 별에서 왔다. 우리는 프랑스어 제목 "Le Petit Prince"를 그대로 "어린 왕자"로 옮기는데 이웃 나라 일본에서는 "별의 왕자님(星の王子さま)"으로 옮기고 있다. 일본어로 별은 '호시'라는 이음절 단어인데 그런 리듬을 고려한 번역으로 보인다. 리듬을 고려하고 '별'을 강조하고 싶었다면 우리말 번역은 '별나라 왕자'쯤 되었을 것 같다.

그런데 행성, 별(항성), 소행성 등의 천문학적 용어들을 엄밀하게 구분하자면 어린 왕자는 자신의 행성에서 나와 다른 행성들을 여행하는 우주 여행자이다. 행성은 별 주위를 공전하는 천체를 이르기 때문이다. 그래서 작가는 작품 속에서 별(étoile)보다는 행성(planète)이라는 단어를 훨씬 많이 썼다. 그런데 어린 왕자는 실재하는 행성이 아니라 환상 속의 행성들을 여행하고 있다. 그리고 보통 우리는 행성들도 별이라고 통칭하므로 본 번역에서는 '행성'도 '별'로 옮긴 경우가 많다. 어린 왕자는 행성을 여행하는 우주인이 아니라 별나라를 여행하는 어린이이기 때문이다.

지 여러분은 상상이 갈 것이다. 그래서 나는 좀 더 자세히 알아
보려고 애썼다.

"꼬마야, 넌 어디서 왔니? 네가 사는 곳은 어디야? 내가 그려
준 양을 어디로 데려가려는 거지?"

곰곰이 생각하며 침묵에 잠겼다가 그가 대답했다.

"아저씨[•]가 준 상자가 있어서 좋은 점은, 밤에는 그게 양한테
집이 될 수 있다는 거야."

"물론이지. 그리고 네가 착하게 굴면 낮에 양을 매어둘 줄도
하나 그려줄게. 말뚝하고."

그 제안이 어린 왕자에게 충격을 준 것 같았다.

"양을 매어둔다고? 정말 이상한 생각이네!"

"하지만 양을 매어놓지 않으면, 아무 데로나 갈 테고, 그럼 길

- 프랑스어 원문에서 어린 왕자는 비행사에게 일상적인 반말로 너나들이
(tutoyer)를 한다. '아저씨'라는 말은 원문에 없다. 그런데 우리말 번역에
서는 아이와 어른의 대화를 일상적인 반말 투로 옮기면 어색하다. 그래
서 일찍이 안응렬 선생의 번역에서부터 어린 왕자가 비행사를 지칭하여
말하는 '너(tu)'에 관련된 말은 '아저씨'라고 옮겼다. 또한 이후로 별나라
에서 이상한 어른들을 만날 때도 적당히 아이와 어른에 맞는 우리말 대
화로 옮겼다. 프랑스어에서 너나들이는 친근한 가족 사이에서는 일상적
으로 쓰는 어법이다.
한편, 작가의 이름을 부를 때는 성을 그대로 따서 대부분 생텍쥐페리라
고 하지만 친근하게 줄여서 '생텍스'라고 부른 경우도 많다. 또 경우에 따
라 '앙투안'으로 이름만 부르기도 한다. 작가의 아내 콘수엘로는 편지에
서 작가를 '토니오'라고 호칭했다.

을 잃을 거야….”

그러자 내 친구는 다시 웃음을 터뜨렸다.

“아니, 양이 어디로 간다는 거야?”

“아무 데로나. 앞으로 곧장….”

그러자 어린 왕자는 심각하게 말을 이었다.

“괜찮아. 내가 사는 곳은 정말로 작으니까!”

그러고는 아마도 조금은 서글픈 듯 덧붙여 말했다.

“앞으로 곧장 가봤자 아주 멀리 가지는 못해….”

---

* 말끝을 흐린 이 말의 의미를 아직은 알 수 없다. 그런데 이 말은 단지 자기가 사는 별이 작다는 아쉬움이 아니라 너무 작아서 피할 곳이 없다는 뜻임이 점차 드러난다.

작가가 그린 어린 왕자 삽화에는 조금 특이한 점이 있다. 오른쪽 그림은 책표지에 자주 쓰이는 어린 왕자의 모습인데, 이 그림에서 어린 왕자는 조종사가 사막에서 만난 어린 왕자가 두르고 있던 황금빛 목도리가 아니라 빨간 나비넥타이를 맸다. 다른 설명이 없으니 이유는 알 수 없으나 '소행성 B 612에 있는 어린 왕자'라는 설명에 비추어보면, 어린 왕자의 프로필 초상으로 보인다.

그런데 조종사가 훗날 가장 잘 그렸다고 자신한 어린 왕자 초상화(이 책의 15쪽)는 전혀 다른 모습이다. 옷자락이 긴 망토에 프랑스 전통 검을 들고 어깨에는 황금별 장식의 견장과 목걸이 장식까지 한 왕자의 모습은 조종사가 만난 어린 왕자일 수 없다. 그는 이런 모습의 어린 왕자를 만난 적이 없기 때문이다.

그렇다면 이 그림은 무엇을 나타낼까. 하얀색 복장에 빨강 안감을 파랑 계열 색으로 감싼 커다란 망토를 걸친 인물은 색깔의 배열로 보면 프랑스 공화국의 국기로 상징되는 색을 재현하고 있다. 거기에 프랑스 전통 검을 쥐고 있어서 매우 강한 인상을 준다. 프랑스가 독일에 침탈당하던 시기에 핍박받는 고국의 벗에게 바친 작가의 헌사를 고려하면 이 그림에서 강력한 프랑스의 영광에 대한 작가의 희망과 자부심을 엿볼 수 있다. 또 나폴레옹 초상화와의 유사성을 찾아볼 수도 있다. 작가가 학창 시절 어머니에게 쓴 편지(1919년 파리에서 쓴 편지)에 나폴레옹을 본딴 기념품에 대한 평가와 네 개의 데생이 들어 있는데, 특히 나폴레옹 도자기 인형에 대해 "위인은 원래 살이 찌면 안 됩니다. 위인은 내면의 불꽃으로 타올라야 합니다."라고 썼다.

소행성 B 612에 있는 어린 왕자

IV

그렇게 해서 나는 아주 중요한 두 번째 사실을 알게 되었다. 그것은 어린 왕자가 떠나온 별이 집 한 채보다 클까 말까 하다는 것이었다.

그런 사실이 내게는 그다지 놀랍지 않았다. 지구나 목성이나 화성, 금성처럼 사람들이 이름을 붙인 큰 행성들 외에도, 아주 작아서 때로는 망원경으로 식별하기도 많이 어려운 수백 개의 다른 행성들이 있다는 걸 나는 잘 알고 있었다. 어떤 천문학자가 그중에 하나를 발견하면 그는 그 별에 번호로 이름을 붙인다. 예를 들면 그 별을 '소행성 325'라고 부르는 것이다.

내게는 어린 왕자가 온 그 별이 소행성 B 612라고 믿을 만한 중요한 이유들이 있다. 그 소행성은 튀르키예*의 어느 천문학자

---

* 얼마 전까지 '터키'로 불렸던 이 나라는 2022년부터 '튀르크인의 땅'을 의미하는 '튀르키예'로 국호가 바뀌었다. 오스만튀르크 제국으로 번성하기도 했던 이 큰 나라는 종교적으로는 이슬람 문화에 속한다. 이슬람교의 최고 권위자를 칼리프라 했고, 칼리프가 지정한 정치 지배자를 술탄이

에 의해 1909년에 망원경으로 딱 한 번 관측되었다.

그래서 그 천문학자는 국제천문학대회에서 자기가 발견한 것에 대해 거창한 발표를 했다. 하지만 그가 입은 튀르키예 전통 의상 때문에 아무도 그의 말을 믿어주지 않았다. 어른들은 그런 식이다.

소행성 B 612의 명성을 위해서는 다행스럽게도 한 튀르키예 독재자가 백성들에게, 어기면 사형시키겠다며 유럽식으로 옷을 입으라는 명령을 내렸다. 천문학자는 1920년에 아주 우아한

라고 했다. 10세기 무렵부터 1922년까지 30명의 술탄이 제국을 통치했다. 천문학자가 서양식 복장을 입고 소행성 발견을 발표한 것이 1920년 이라면 아직 술탄이 지배하던 시기라는 말이다.

양복을 입고 다시 발표를 했다. 그러자 이번에는 사람들이 모두 그의 견해를 받아들였다.

　내가 여러분에게 소행성 B 612에 대해 이렇게 상세하게 이야기를 한 까닭은, 그리고 그 번호를 털어놓은 까닭은, 어른들 때

문이다. 어른들은 숫자를 좋아한다. 여러분이 새로 사귄 친구에 대해 어른들에게 말하면, 어른들은 결코 본질적인 것에 대해서는 묻지 않는다. 어른들은 절대로 "그 친구는 목소리 음색이 어떠니? 걔는 무슨 놀이를 좋아하니? 나비를 채집하니?" 같은 말은 하지 않는다. 어른들은 "걔는 몇 살이니? 형제가 몇이니? 몸무게는? 걔네 아빠는 얼마나 번대?"라고 묻는다. 그러고는 그것만으로 그 아이를 안다고 생각한다. 여러분이 "창가에 제라늄 꽃이 있고 지붕에 비둘기들이 있는 붉은 벽돌집을 보았어요….'라고 말하면, 어른들은 그 집을 상상하지 못한다. 어른들에게는 이렇게 말해야 한다. "나는 십만 프랑짜리 집을 보았어요." 그러면 어른들은 "정말 멋지네!"라고 큰 소리로 말한다.

그러니 여러분이 어른들에게 "어린 왕자가 실제로 존재했었다는 증거는 걔가 아주 매력적이었고, 잘 웃었고, 양을 한 마리 갖고 싶어 했다는 거예요. 양을 한 마리 갖고 싶어 한다는 건, 누군가 실제로 존재한다는 증거죠."라고 말하면, 어른들은 어이가 없다는 듯 어깨를 으쓱 올릴 것이고, 여러분을 어린애로 취급할 것이다! 하지만 "어린 왕자가 온 행성은 소행성 B 612예요."라고 말하면, 그때 어른들은 납득할 것이고, 여러분에게 질문을 하지 않고 가만히 놔줄 것이다. 어른들은 그런 식이다. 그렇다고 어른들을 원망해서는 안 된다. 어린이들은 어른들에게 아주 관대해야 한다.

그러나 물론 우리는 인생을 이해하므로 숫자 같은 것은 우습

게 여긴다!* 나는 이 이야기를 동화처럼 시작했으면 좋았겠다는 생각이 든다. 이렇게 말할 걸 그랬다.

"옛날 옛날에 자기보다 클까 말까 한 어떤 별에 살면서 친구를 갖고 싶어 하던 어린 왕자가 있었다…." 인생을 이해하는 사람들에게는 이렇게 말하는 편이 훨씬 더 진실한 모습이었을 것이다.**

왜냐면 나는 사람들이 내 책을 가볍게 읽는 것이 싫기 때문이다. 이 추억들을 이야기하면서 나는 큰 슬픔을 느낀다. 내 친구가 양과 함께 떠나버린 지 벌써 6년이다. 내가 여기서 그의 모

• 이 문장에 작품의 핵심적인 주제가 들어 있다. 『어린 왕자』의 주제는 '인생을 이해하기'이다. 프랑스어로는 'comprendre la vie'다. 이야기가 진행되면서 서서히 드러나는 것은 단지 뭔가를 아는 것(connaître)과 숨겨진 의미까지 진정으로 아는 것, 즉 이해하는 것(comprendre)의 대비다. 21장에서 자세히 알 수 있게 되지만 여우는 길들이기를 통해서만 사물의 의미를 알 수 있다고 말한다.

•• 문학 형식의 관점에서 볼 때 『어린 왕자』의 장르는 무엇일까. 혹자는 '어른을 위한 동화'라고 부르기도 한다. 하지만 이 이야기(histoire)는 동화(conte de fées)가 아니다. 동화는 '옛날 옛날에…'의 형식으로 말하는 이야기 형식이다. 그것의 프랑스식 전형은 샤를 페로의 동화다. 장르로 볼 때 어린 왕자와의 만남이라는 사건을 전하는 이 서사물(récit)은 그 안에 액자 구조로 어린 왕자의 모험담을 담고 있다. 10장에서 23장에 이르는 모험담 부분은 어린 왕자가 주인공인 3인칭 시점의 설화(conte)인데, 페로가 민중 설화를 채록하여 정리한 방식이 아니라 주인공이 낯선 세계를 모험하는 볼테르식 설화다. 따라서 『어린 왕자』는 그 안에 설화를 담은 환상소설에 속한다고 볼 수 있다. 그리고 장미, 여우, 뱀을 의인화해서 등장시키고 있으므로 우화적 기법을 활용한 환상소설이다.

습을 묘사하려고 애쓰는 까닭은 그를 잊지 않기 위해서다. 친구를 잊는다는 건 슬픈 일이다. 누구에게나 친구가 있었던 것은 아니니까. 그리고 나도 숫자에만 관심이 있는 어른들처럼 될 수 있다. 내가 그림물감 한 상자와 연필 몇 자루를 산 것도 그런 이유 때문이다.[•] 여섯 살에 속이 안 보이는 보아뱀과 속이 보이는 보아뱀 그림만 그려보고 다른 시도들은 전혀 한 적이 없는데, 내 나이에 그림을 다시 시작하는 것은 힘든 일이다! 물론 가능한 한 가장 비슷한 초상화들을 그려보려고 하겠다. 그러나 성공할지는 정말 자신이 없다. 이 그림은 괜찮다. 그런데 다른 그림은 안 닮았다. 크기도 조금 헷갈린다. 이쪽의 어린 왕자는 너

• 생텍쥐페리는 우정의 가치를 그 무엇보다도 소중히 여겼다. 여기서 화자인 비행사는 6년 전에 헤어진 어린 왕자를 잊지 않으려고 그에 대해 글을 쓰고 그림을 그리고 있다. 마찬가지로 어린 왕자는 "우리가 곧 죽는다고 해도 친구가 생긴 건 좋은 일이야."(128쪽)라고 말한다. 생텍쥐페리는 『인간의 대지』 2장에서 다음과 같이 쓰고 있다. "사실 그 어느 것도 잃어버린 동료를 대신할 수는 없을 것이다. 오랜 친구들은 만들어내지 못한다. 함께한 그토록 많은 추억들, 함께 겪은 수많은 고된 시간들, 그토록 잦았던 다툼과 화해, 마음의 동요, 그런 보물만큼 값진 것은 아무것도 없다. 그런 우정은 다시 쌓을 수 있는 것이 아니다. 떡갈나무 한 그루를 심어 놓고 곧바로 그 아래 그늘로 몸을 피할 수 있기를 바라는 건 헛된 일이다…. 오로지 물질적인 재산만을 위해 일하면서 우리는 스스로 감옥을 짓고 있다. 살아가는 데 가치가 있는 아무것도 가져다주지 못하는 재와 같은 돈을 움켜쥐고 고독하게 스스로를 가두고 있다…. 함께 시련을 겪으면서 영원히 우리와 맺어진 그러한 동료와의 우정은 돈으로 살 수 있는 것이 아니다."

무 크다. 저쪽은 너무 작다. 옷 색깔도 망설여진다. 그래서 나는 그럭저럭, 잘 그리기도 하고 잘못 그리기도 하면서 더듬어가고 있다. 어떻든 더 중요한 몇 가지 세부 사항에도 잘못된 점이 있을 것이다. 그러나 그 점에 대해서는 나를 양해해주어야 한다. 내 친구는 결코 무슨 설명을 해준 적이 없다. 아마도 그는 내가 자기와 닮았다고 믿었던 것 같다. 하지만 불행하게도 나는 상자 속에 있는 양을 투시해서 볼 줄 모른다. 어쩌면 나도 어른들과 조금 닮은 것 같다. 나이가 든 것이 분명하다.

V

나는 하루하루 어린 왕자의 별이니, 떠남이니, 여행이니 하는
것에 대해 알아가고 있었다. 그런 것은 어린 왕자가 이런저런
생각을 말하는 와중에 우연히, 아주 슬며시 새어 나오곤 했다.
그렇게 해서 사흘째 날에 나는 바오밥나무에 대한 무서운 이야
기를 알게 되었다.

　이번에도 양 덕분이었는데, 어떤 심각한 의문에 사로잡힌 듯,
갑자기 어린 왕자가 내게 질문을 던졌기 때문이다.

　"양들은 작은 나무를 먹는다는데 정말이야?"

　"그래. 맞아."

　"아! 잘됐다!"

　양들이 작은 나무를 먹는다는 게 왜 그렇게 중요한지 나는 이
해하지 못했다. 그런데 어린 왕자가 덧붙여 말했다.

─────── ✦

● 　어린 왕자의 별에 무엇이 있는지 아직은 모른다. 그런데 어린 왕자는 자
　기 별에서 어린 양을 키우고 싶어 한다. 왜 그럴까? 앞으로 차츰 밝혀

"그렇다면 양들은 바오밥나무도 먹겠네?"

나는 어린 왕자에게 바오밥나무들은 키 작은 관목이 아니라 성당처럼 거대한 나무라고, 그러니까 한 무리의 코끼리를 몰고 간다고 해도 바오밥나무 한 그루를 다 먹어치우지 못할 거라고 일러주었다.

한 무리의 코끼리라는 생각에 어린 왕자가 웃었다.

"코끼리들 위에 코끼리 들을 또 올려야겠네…."

그러나 어린 왕자는 지 혜롭게 이렇게 말했다.

"바오밥나무도 크게 자라 기 전에 처음에는 작잖아."

"그 말은 맞아! 그런데 왜 양들 이 작은 바오밥나무들을 먹어버리기를

지지만 어린 왕자는 아름다운 장미와 함께 지내다가 장미의 까다로운 성미에 지쳤다. 그런데 어린 양은 장미와 달리 함께 지내기에 쉬울 것 같은 온순한 동물이다. 그런데 여기서 잠깐 주목할 점이 있다. 비행사 가 그려준 상자 안에 양이 있다고 상상하고 그 양을 실제로 어린 왕자의 별에서 데리고 가 같이 지내는 상황을 가정한 이 대화에서 아무런 문제 도 발견하지 못한 독자는 어린이의 상상력을 가졌다. 그러나 그림이 현 실로 전환되는 이 환상의 트릭에 의문을 가진다면 그는 합리성의 논리 를 따지는 어른이다.

바라는 거니?"

너무도 뻔한 걸 묻는다는 듯 어린 왕자가 "나 참! 생각해봐!"
라고 대답했다. 그래서 나는 혼자서 그 문제를 이해하려고 굉장
히 머리를 써야 했다.

그러니까 실은, 어린 왕자의 행성에는 여느 행성처럼 좋은 풀
과 나쁜 풀이 있었던 것이다. 그래서 좋은 풀에서는 좋은 씨앗
이 생기고, 나쁜 풀에서는 나쁜 씨앗이 생긴다. 그런데 씨앗들
은 눈에 안 보인다. 씨앗들은 땅속 은밀한 곳에 숨어 잠을 자
다가 어느 때쯤 그중 하나가 잠에서 깨어나는 환상을 품게 된
다…. 그러면 씨앗이 벌어지고, 누구를 해치지 않는 자그마한
멋진 싹을 먼저 하늘을 향해 조심스럽게 밀어 올린다. 순무나
장미의 싹이라면 마음대로 자라도록 놔둬도 된다. 하지만 나쁜
식물일 때는 눈에 띄자마자 바로 뽑아내야 한다. 그런데 어린
왕자의 별에는 무서운 씨앗들이 있었던 것이다…. 바로 바오밥
나무 씨앗들이었다. 그 별의 땅에는 바오밥나무 씨앗들이 온통
퍼져 있었다. 그런데 바오밥나무는 너무 늦게 손을 쓰면 절대로
처치할 수가 없다. 한 그루가 별 전체를 다 어지럽힌다. 나무뿌
리로는 별에 구멍을 낸다. 그래서 별이 아주 작거나, 바오밥나
무들이 너무 많으면, 별이 부서져서 터져버린다.

나중에 어린 왕자는 내게 이렇게 말하곤 했다.

"그건 규율의 문제야. 아침에 세수를 마치고 나면 별도 정성
껏 청소해야 해. 바오밥나무들이 아주 어린 싹일 때는 장미나무

를 많이 닮았어. 그러니까 장미나무와 구별할 수 있게 되면 바로 때맞춰서 꼭 뽑아내야 해. 아주 귀찮지만 아주 쉬운 일이지."

그리고 어느 날 어린 왕자는 우리 별 어린이들의 머릿속에 쏙 들어가 새겨지도록 그림 하나를 예쁘게 잘 그려보라고 내게 권했다. 어린 왕자가 말했다.

"언젠가 그 아이들이 여행을 떠날 때 그게 도움이 될 수 있어. 가끔은 일을 나중으로 미뤄도 지장이 없어. 하지만 바오밥나무들로 말하자면, 그건 언제나 끔찍한 문제야. 게으름뱅이가 사는 별을 하나 알고 있었는데, 그 게으름뱅이는 작은 나무 세 그루를 소홀히 놔두었던 거야…."

그래서 나는 어린 왕자가 알려준 대로 그 별을 그렸다. 나는 도덕주의자의 말투를 쓰는 걸 별로 좋아하지 않는다. 하지만 바오밥나무의 위험은 거의 알려져 있지 않고, 소행성에서 길을 잃은 사람이 겪게 될 위험은 너무 엄청난 것이므로, 나는 딱 한 번만, 내 조심성에 예외를 두겠다. 그래서 나는 이렇게 말하겠다. "아이들아! 바오밥나무를 조심하거라!" 내가 이 그림에 이토록 정성을 기울인 까닭은 내 친구인 어린이들에게 위험을 알리기 위해서다. 나와 마찬가지로 어린이들은 오래전부터 이 위험에 노출되어 있는데 알아차리지 못하고 있다. 내가 주려던 교훈은 그만큼 수고할 가치가 있었다. 여러분은 이런 의문을 가질 수도 있다. 왜 이 책에는 바오밥나무 그림만큼 웅장한 그림이 또 없을까? 대답은 아주 간단하다. 나는 시도해보았지만 성공하지 못했다. 이 바오밥나무들을 그렸을 때는 다급한 마음에 고무되었던 것이다.

- 이 작품에서 바오밥나무는 독자에게 혼란스러움을 안겨준다. 작가는 거대하게 자라는 바오밥나무의 속성을 통해 아무리 작은 악이라도 그 씨앗이 싹을 틔워 자라기 시작할 때 미리 제거하지 않으면 재앙을 안겨준다는 가르침을 전하고 있다. 그런데 작가가 거대하게 자라나는 악의 이미지를 보여주기 위해 바오밥나무를 차용하는 바람에 독자들은 바오밥나무에 대해 기존에 가지고 있던 이미지와 충돌하는 당혹감을 경험한다. 우리에게 잘 알려진 바오밥나무의 인상은 마다가스카르의 바오밥나무다. 드넓은 평원에 우뚝 선 몇 개의 바오밥나무 군락은 세상에서 가장 멋진 풍경 중 하나로 누구나 보면 경탄이 나온다. 물론 바오밥나무는 동-서아프리카나 오세아니아 지역에도 몇 가지 품종이 더 자란다. 그런데 바오밥나무는 거대한 몸집으로 만들어내는 경이로운 풍경 말고도 사람들에게 매우 이로운 나무로 알려져 있다. 꽃과 열매는 약용으로 쓰이고 껍질 속에는 많은 물이 저장되어 있기도 하다. 그 독특한 모양 때문에 원주민들의 전설에는 하느님이 뿌리와 가지를 거꾸로 심은 것이라고 나오기도 한다.

작가가 이 작품에서 무슨 이유로 바오밥나무를 이용하였는지는 석연치 않다. 저고도 비행을 하던 20세기 초의 항공술에서는 사막 들판에 우뚝 선 거대한 나무를 불편한 대상으로 여겼을 수도 있다. 아무튼 그가 그린 여러 그림에서도 이 나무를 찾아보기는 쉽지 않다. 한편, 작품 속 바오밥나무의 이미지에서 파시즘이나 나치즘과 유사한 색깔을 찾아내고 거기서 작가의 비판적 함축을 읽어내려는 해석도 있지만 그런 경우는 비약이 심해서 좀 억지스럽다. 이 삽화에서 짙은 초록의 나뭇잎과 우악스러운 뿌리들, 허공에 흩어진 별들을 군대의 이미지와 연상지어 볼 수는 있겠지만 그것이 군국주의나 파시즘을 암시한다고 단정하기는 어렵다.

바오밥나무 *

VI

아! 어린 왕자야, 그렇게 조금씩 나는 우수 어린 너의 소박한 삶을 이해하게 되었단다. 오랫동안 너에게 위안거리라곤 해가 지는 광경의 감미로움밖에 없었다는 것을. 나흘째 되던 날 아침 네가 그렇게 말했을 때서야 나는 이 새로운 사실을 알게 되었지.

"나는 해가 지는 광경을 정말 좋아해. 같이 해 지는 걸 보러 가….''

"하지만 기다려야 해….''

"뭘 기다려?''

"해가 지기를 기다리는 거지.''

처음에 너는 아주 놀란 표정이었어. 그다음엔 네가 한 말을 두고 웃었지. 그러고는 내게 말했어.

"난 아직도 내 별에 있는 줄 알았네!''

사실 그렇다. 다들 알다시피 미국이 정오일 때 프랑스에서는 해가 진다. 일 분 안에 프랑스에 갈 수만 있다면 해넘이를 보기

에 충분할 것이다. 불행하게도 프랑스는 너무 멀리 떨어져 있다. 그런데 아주 작은 너의 별에서는 의자를 몇 걸음 끌어당기는 것만으로 충분했다지. 그리고 너는 보고 싶을 때면 언제든지 저녁노을을 바라보곤 했었다지….

"어느 날엔가는 해가 지는 걸 마흔네 번이나 봤어!"

그리고 잠시 후 너는 이렇게 덧붙여 말했지.

"그거 알아…. 누구나 너무 슬플 땐 해 지는 풍경을 좋아하게 돼…."

"그럼 마흔네 번이나 본 날은 그렇게 많이 슬펐던 거니?"

그러나 어린 왕자는 대답을 하지 않았다.

VII

다섯 번째 날, 이번에도 양 덕분에 어린 왕자의 삶의 비밀이 드러났다. 어린 왕자가 예고 없이 갑자기, 마치 오랫동안 말없이 숙고한 문제의 결실인 양 내게 질문을 던졌다.

"양이 작은 나무들을 먹는다면 꽃들도 먹겠지?"

"양은 눈에 띄는 대로 먹어치우지."

"가시가 있는 꽃들도?"

"그럼. 가시가 있는 꽃들도."

"그렇다면 가시는 무슨 소용이 있는 거야?"

나는 그건 알지 못했다. 그때 나는 비행기 모터에서 너무 꽉 조여진 나사를 풀어내려 몰두하고 있었다. 나는 무척 걱정에 차 있었다. 비행기 고장이 매우 심각해 보이기 시작했기 때문이었고, 게다가 마실 물도 다 떨어지고 있어서 최악의 경우를 염려하게 만들었기 때문이었다.

"가시는 무엇에 소용이 있는 거야?"

어린 왕자는 한번 질문을 던지면 절대로 포기하지 않았다. 나는 나사 때문에 짜증이 나서 아무렇게나 대답했다.

"가시는 아무짝에도 쓸모가 없어. 그건 순전히 꽃들이 부리는 심술이야!"

"어!"

하지만 잠시 말이 없다가 어린 왕자는 발끈해서 이렇게 쏘아붙였다.

"그럴 리가 없어! 꽃들은 힘이 없어. 순진하고. 꽃들은 할 수 있는 한 스스로 안심하려는 거야. 가시가 있으면 자기들이 무섭게 보일 거라고 생각해서…."

나는 아무 대답도 하지 않았다. 바로 그 순간에 나는 이런 생각을 하고 있었다. '나사가 계속 버티면 망치질로 튀어나오게 해야겠군.' 심사숙고하는 나를 어린 왕자가 또 방해했다.

"그러니까 아저씨, 아저씨 생각에는 꽃들이…"

"그만해! 그만! 난 아무 생각도 안 해! 아무렇게나 대답한 거야. 난 바빠, 나는 지금 심각한 일이 있다고!"[●]

어린 왕자는 어안이 벙벙한 모습으로 나를 바라보았다.

———————— ✦

● 『어린 왕자』에서 가장 자주 쓰인 프랑스어 단어는 'sérieux', 'sérieuse'다. 이 단어는 성격이 '진지한', 문제가 '심각하거나 중대한', 사람이 '성실한' 등의 의미로 쓰이는데, 『어린 왕자』에서는 헌사의 '중요한 사유(excuse sérieuse)', 11쪽의 '진지한 사람들(gens sérieux)'에서처럼 문맥에 따라 계속 반복된다. '진지', '심각', '중대', '중요', '성실' 등의 단어가 나오면 이 낱말의 번역어라고 생각하면 되겠다.

"심각한 일이라고!"

어린 왕자는, 내가 손에는 망치를 들고 손가락에는 기름때를 까맣게 묻힌 채, 그가 보기에는 아주 추하게 생긴 물건에 몸을 숙이고 있는 모습을 보고 있었다.

"아저씨도 어른들처럼 말하네!"

그 말에 나는 조금 부끄러워졌다. 하지만 어린 왕자는 매몰차게 말을 이었다.

"아저씬 모든 걸 혼동하고 있어…. 모든 걸 뒤섞어놓고 있다고!"

어린 왕자는 정말로 몹시 화가 나 있었다. 그의 황금빛 머리칼이 바람에 날리고 있었다.

"난 얼굴이 시뻘건 어떤 아저씨가 사는 별을 하나 알고 있어. 그 아저씨는 한번도 꽃 냄새를 맡은 적이 없어. 한번도 별을 바라본 적이 없어. 한번도 누군가를 사랑한 적이 없어. 숫자를 셈하는 것 말고 다른 건 아무것도 한 적이 없어. 그리고 온종일 아저씨처럼 같은 말을 반복해. '나는 진지한 사람이야! 나는 진지한 사람이라고!' 그렇게 오만함에 부풀어 있어. 하지만 그는 사람이 아니야, 버섯이야!"

"뭐라고?"

"버섯이라고!"

어린 왕자는 이제 분노로 창백했다.

"수백만 년 전부터 꽃들은 줄곧 가시를 만들었어. 그래도 수백만 년 전부터 양들은 꽃들을 먹었고. 그런데 꽃들이 왜 아무짝에도 쓸모없는 가시들을 만드느라 그토록 애쓰는지 이해하려고 하는 게 심각한 일이 아니야? 양들과 꽃들의 전쟁은 중요하지 않아? 얼굴이 벌겋고 몸집이 큰 그 아저씨의 덧셈보다 그게 더 심각하고 중요하지 않아? 그리고 이 세상 아무 데도 없고 오직 나의 별에만 있는, 세상에 하나뿐인 꽃을 내가 알고 있는데, 그걸 어린 양이 어느 날 아침 자기가 무슨 짓을 하는지도 모르고 한입에 먹어 없애버릴 수도 있는데, 그게 중요하지 않다는 거야?

어린 왕자는 얼굴이 빨갛게 상기되어 말을 이었다.

"수백 수천만 개의 별에 한 송이밖에 존재하지 않는 어떤 꽃을 누군가 사랑한다면, 그 사람은 그 별들을 바라보는 것만으로도 충분히 행복할 거야. 이렇게 생각하는 거야. '내 꽃이 저기 어딘가에 있지….' 그런데 양이 그 꽃을 먹어버린다면 그건 그 사람에겐 마치 모든 별들이 갑자기 빛을 잃어버리는 것과 같은 거

- 버섯은 햇빛이 없는 음지에서 저 혼자 부풀어 오르며 자라는 존재이다. 자기 별에 틀어박혀 돈 계산만 하는 이 사람은 버섯처럼 생명의 활기가 느껴지지 않는 존재이다.

야! 그런데 그게 중요하지 않다고!"

 어린 왕자는 더 이상 말을 잇지 못했다. 그리고 갑자기 흐느껴 울기 시작했다. 어둠이 내려 있었다. 나는 연장을 내려놓았다. 망치니 나사니 갈증이니 죽음이니 하는 것들이 다 우스웠다. 어느 별, 어느 행성에, 나의 별, 지구에 내가 달래줘야 할 한 어린 왕자가 있었던 것이다! 나는 어린 왕자를 두 팔로 안았다. 그를 달래주었다. 이렇게 말하며. "네가 사랑하는 그 꽃은 위험하지 않아…. 양에게 부리망을 그려줄게…. 꽃한테는 울타리를 그려주고…. 그리고 또…. " 나는 무슨 말을 해줘야 할지 정말 알 수 없었다. 내가 아주 서툴다는 게 느껴졌다. 나는 어떻게 그의 마음에 가닿을지, 어디서 그와 한마음이 될지 알 수 없었다…. 눈물의 나라는 그토록 신비로운 것이다.

VIII

나는 곧 그 꽃에 대해 더 잘 알게 되었다. 어린 왕자의 행성에는
단 한 겹의 꽃잎으로 꾸민 아주 소박한 꽃들이 늘 있었다. 그 꽃
들은 자리도 별로 차지하지 않았고 누구에게 방해가 되지도 않
았다. 어느 날 아침 풀밭에 나타났다가 밤이면 죽어버리곤 했
다. 그런데 이번 꽃은 어느 날 알 수 없는 어딘가에서 실려 온
씨앗에서 움튼 것이었다. 어린 왕자는 다른 싹들과
닮지 않은 그 싹을 아주 가까이서 감시했다.
그게 새로운 종류의 바오밥나무가 될
수도 있었던 것이다. 그런데 그 작
은 나무는 금방 성장을 멈추고는
꽃 한 송이를 맺기 시작했다. 어
린 왕자는 큼직한 봉오리가 맺
히는 것을 지켜보고 있었다.
거기서 어떤 기적적인 출현이
일어날 것만 같은 느낌이 들었

47

다. 그런데 그 꽃은 초록빛 방에 숨은 채 끝없이 치장만 하고 있었다. 꽃은 정성껏 색을 골랐다. 천천히 옷을 입으며 꽃잎들을 하나하나 맞추었다. 개양귀비처럼 온통 구깃구깃한 채로 밖으로 나오고 싶지는 않았던 것이다. 오로지 자신의 아름다움이 만개할 때 나타나고 싶어 했다. 정말 그랬다! 그 꽃은 아주 멋을 부렸다! 그래서 그 꽃의 신비스러운 치장은 몇 날 며칠이나 걸렸다. 그리고 바로 어느 날 아침, 정확히 해가 뜨는 시각에 모습을 드러내었다.

그리고 그 꽃은 그토록 꼼꼼히 정성을 들였으면서도 하품을 하며 이렇게 말했다.

"아! 일어나기 힘들어…. 미안해요…. 아직 머리 모양이 엉망이에요."

그때 어린 왕자는 감탄을 누를 수 없었다.

"당신은 정말 아름다워요!"

"그래요?"

꽃이 부드럽게 대답했다.

"나는 해가 뜰 때 함께 태어났네요…."

어린 왕자는 그 꽃이 그다지 겸손하지 않음을 직감했다. 하지만 그 꽃은 정말 마음을 설레게 했다!

• 프랑스 문학에서 장미가 의인화된 우화의 전형은 13세기에 궁정문학의 형태로 출현한 『장미 이야기(Roman de la Rose)』다. 『장미 이야기』는 궁

꽃이 금방 말을 덧붙였다.

"아침 식사 시간인 것 같네요. 제 생각을 좀 해주지 않으실래
요?…"

그래서 어린 왕자는 무척 어리둥절했지만 시원한 물이 담긴
물뿌리개를 찾으러 갔고, 꽃에다 물을 주었다.

정 사교계를 상징하는 정원에서 한 청년이 장미꽃에 비유되는 처녀에게
구애하는 내용을 담고 있는데, 로마의 시인 오비디우스의 『사랑의 기술』
을 본따 연애 기술을 선보인다. 결국 궁정 연애에 대한 알레고리 문학인
셈인데, 기욤 드 로리스가 시작한 운문 이야기에 나중에 장 드 묑이 이야
기를 덧붙여 완성되었다고 보고 있다. 이후 16세기 궁정시인 피에르 드
롱사르에 이르러 장미는 젊은 여인의 상징이 되어 수많은 시의 소재가 되
었다. 『어린 왕자』에서 장미는 이 문학 전통을 잇고 있다.

그렇게 그 꽃은 다소 까다로운 허영심으로 곧 어린 왕자의 마음을 괴롭혔다. 예를 들면, 어느 날은 자기는 가시가 네 개 있다면서 어린 왕자에게 이렇게 말하기도 했다.

"호랑이들한테 발톱을 세우고 올 테면 와보라고 해요!"

어린 왕자가 반박했다.

"내 별에 호랑이는 없어요. 게다가 호랑이는 풀을 먹지 않아요."

꽃이 나직이 대답했다.

"나는 풀이 아니에요."

"미안해요….."

"나는 호랑이는 하나도 안 무서워요. 하지만 바람은 무서워요. 혹시 바람막이 같은 건 없나요?"

어린 왕자는 알아차렸다. '바람이 무섭다니… 풀인데 안 됐네…. 이 꽃은 정말 까다롭군…. '

"저녁엔 나를 유리 덮개 안에 넣어 주세요. 당신이 사는 곳은 정말 춥네요. 설비가 제대로 안 되어 있어요. 내가 떠나온 곳은…." 하지만 꽃은 말을 멈췄다. 꽃은 씨앗 형태로 그곳에 왔던 것이다. 그러니까 다른 세상에 대해 꽃은 아무것도 알 수가 없었다. 꽃은 그렇게 순진한 거짓말을 꾸며대다가 들킨 것이 부끄러워지자 어린 왕자 탓으로 돌리려고 두세 번 기침을 했다.

"아까 바람막이는요?…"

"가지러 가려던 참이었는데 당신이 계속 말을 했잖아요!"

그래도 꽃은 어린 왕자에게 미안한 마음이 들게 하려고 억지로 기침을 했다.

그래서 어린 왕자는 애정 어린 호감이 있었지만 이내 꽃에게 의심을 품게 되었다. 어린 왕자는 중요하지 않은 말들을 진지하게 받아들였고, 그래서 아주 불행해지고 말았다.

어느 날 어린 왕자는 내게 속마음을 털어놓았다.

"그 꽃의 말에는 귀를 기울이지 말았어야 했어. 꽃들이 하는 말은 절대로 귀 기울여 들어서는 안 돼. 꽃들은 바라보고 향기를 맡아야 해. 내 꽃은 나의 별을 향기롭게 해주었지. 하지만 나는 그걸 즐길 줄을 몰랐어. 그 호랑이 발톱 이야기에 몹시 짜증이 났었는데, 사실은 공감했어야 했던 거야….."

어린 왕자는 다시 속마음을 털어놓았다.

"그때 나는 아무것도 이해할 줄 몰랐던 거야! 나는 말이 아니라 행동으로 꽃을 판단했어야 했어. 꽃은 나를 향기롭게 해주고 환하게 밝혀주고 있었거든. 난 절대로 피해 달아나지 말았어야 했어! 그 꽃의 가련한 술책 뒤에 가려진 애정을 알아차렸어야 했는데. 꽃들은 정말 모순투성이거든! 하지만 나는 너무 어려서 꽃을 사랑할 줄 몰랐던 거야."

『어린 왕자』에서 사랑의 의미와 방법을 가르치는 핵심 요소인 장미와의 이야기는 실제 경험을 서술한 듯 그 갈등의 양상이 생생하다. 그래서 생텍쥐페리와 그의 아내 콘수엘로 사이의 연애와 결혼 생활에서 비롯된 것으로 보기도 한다. 콘수엘로 드 생텍쥐페리(1901~1979)는 엘살바도르의 명문가 출신으로 수도 산살바도르에서 태어나 열아홉 살에 미국의 샌프란시스코로 유학을 떠났다. 타고난 미인인 콘수엘로는 20대 초반에는 멕시코 출신 유명 인사들과 교류했으며(일설에는 결혼을 했다는 주장도 있다) 이후 1925년 스물네 살에 파리로 이주하여 사교계로 진출했다. 이때 아내를 잃은 서른 살 연상의 아르헨티나 영사 고메스 카리요와 사귀고 결혼한다. 그러나 남편은 일찍 세상을 뜨고 콘수엘로는 남편의 재산을 상속받게 된다. 그리고 이 무렵 아르헨티나의 부에노스아이레스에서 생텍쥐페리를 처음 만난다. 두 사람은 1931년 4월에 결혼하는데 프랑스 리옹 귀족 가문의 생텍쥐페리와 신대륙의 작은 나라 스페인계 여인과의 결혼 생활은 둘 사이의 열렬한 사랑에도 불구하고 문화적 배경과 기질적 차이로 갈등과 화해가 반복되었다. 생텍쥐페리가 『어린 왕자』를 쓰던 1942년에 두 사람은 함께 미국에 체류하고 있었다. 그래서 장미의 일화는 작가가 아내에게 보내는 사랑과 화해의 메시지로 볼 수도 있다. 콘수엘로는 생텍쥐페리가 실종된 후 그를 그리며 평생을 보냈으며 남편과의 추억을 담은 회상록 『장미의 기억(Mémoires de la Rose)』을 남겼다. 그러나 『어린 왕자』에서 장미와의 갈등으로 드러나는 남녀의 성향 차이에 대한 인식은 첫 약혼의 실패, 누이 친구에 대한 짝사랑의 실패뿐만 아니라 작가로서 성공하고 결혼한 이후에도 이어진 여러 여인과의 미묘한 관계로 보면 어느 특정 여인에 대한 것이라고 말하기는 어렵다. 정신분석학적 연구에서는 더 근원적으로 어머니의 애정과 억압으로 이루어진 이중구속의 감정과 죄의식으로 분석하기도 한다.

어린 왕자는 활화산들을 정성 들여 청소했다.

IX

어린 왕자는 철새들의 이동을 이용해 자기 별에서 빠져나온 것 같다. 떠나는 날 아침 어린 왕자는 행성을 잘 정리했다. 활화산들은 정성 들여 청소했다. 어린 왕자에게는 활화산이 두 개 있었다. 활화산은 아침 식사를 데우기에 아주 편리했다. 사화산도 하나 있었다. 하지만 그가 말하곤 했듯이 "세상일은 모르는 법이다!" 그래서 어린 왕자는 사화산도 똑같이 청소했다.

청소를 잘하면 화산들은 불을 내뿜지 않고 부드럽고 고르게 타오른다. 화산의 분화는 굴뚝의 불꽃과 비슷하다. 물론 지구에 사는 우리는 키가 너무 작아서 화산들을 청소할 수 없다. 그런 까닭에 화산들이 우리에게 곤란한 일을 많이 일으키는 것이다.

어린 왕자는 조금은 착잡한 기분으로 막 돋아난 바오밥나무의 싹들도 뽑아냈다. 다시는 돌아오지 못하리라 생각했던 것이다. 그래서 그날 아침엔 그 익숙한 일들이 모두 너무도 정겨워 보였다. 마지막으로 꽃에 물을 주고 유리 덮개를 덮어 보호할 준비를 하고 나자 울음이 터질 것 같은 기분이 들었다.

"잘 있어요."

어린 왕자가 꽃에게 말했다.

하지만 꽃은 대답이 없었다.

"잘 있어요."

어린 왕자가 거듭 말했다.

꽃은 기침을 했다. 하지만 감기 때문은 아니었다.

마침내 꽃이 말했다.

"내가 어리석었어요. 용서해줘요. 행복하게 살아줘요."

어린 왕자는 비난하는 말이 없어서 놀랐다. 그는 몹시 당황해서 유리 덮개를 허공에 든 채 가만히 있었다. 그는 차분하고 다정한 꽃의 모습을 이해할 수 없었다.

꽃이 말했다.

"정말 그래요. 당신을 사랑해요. 당신은 그걸 하나도 모르더군요, 내 잘못이죠. 그런 건 이제 하나도 중요하지 않아요. 하지만 당신은 나만큼이나 바보였어요. 행복하게 살아줘요…. 그 유리 덮개는 그냥 놔둬요. 이젠 필요 없어요."

"하지만 바람이 불면…."

"난 그렇게 쉽게 감기에 걸리지 않아요…. 나에겐 시원한 밤 공기가 좋을 거예요. 나는 꽃이니까요."

"하지만 짐승들이…."

"나비와 사귀고 싶다면 애벌레 두세 마리는 견딜 수 있어야겠죠. 나비는 정말로 아름다운 것 같아요. 나비가 아니면 누가 나를 찾아오겠어요? 당신은 멀리 있을 테고. 큰 짐승들이라고 해도 난 하나도 안 무서워요. 발톱이 있으니까."

그리고 꽃은 순진하게 가시 네 개를 드러내었다. 이어서 덧붙여 말했다.

"그렇게 질질 끌지 마세요. 성가셔요. 떠나기로 결심했잖아요. 어서 가세요."

왜냐면 장미는 어린 왕자에게 우는 모습을 보이고 싶지 않았기 때문이었다. 정말로 자존심이 센 꽃이었다….

X

어린 왕자는 소행성 325, 326, 327, 328, 329, 330 지역에 있었다. 그래서 일거리를 찾고 배움도 얻으려고 그 행성들을 방문하기 시작했다.

첫 번째 행성에는 어떤 왕이 살고 있었다. 그 왕은 자주색과 흰 담비 무늬 천으로 지은 망토를 입고 아주 간소하지만 위엄이 있는 옥좌에 앉아 있었다.

"아하! 신하가 왔구나!"

어린 왕자가 눈에 띄자 왕이 소리쳤다.

그래서 어린 왕자는 궁금했다.

'아직까지 나를 한번도 본 적이 없는데 어떻게 알아보는 걸까?'

왕들에게는 세상이 아주 단순하게 보인다는 걸 어린 왕자는 알지 못했다. 모든 사람이 왕의 신하인 것이다.

"잘 보이도록 가까이 오너라."

왕이 어린 왕자에게 말했다. 마침내 누군가의 왕이 되었다는 것에 왕은 아주 자랑스러워했다.

　어린 왕자는 앉을 곳을 찾아 둘러보았지만 행성은 엄청나게
큰 담비 무늬 망토로 꽉 차 있었다. 그래서 어린 왕자는 계속 서
있었고 피곤해져서 하품을 했다.

　"임금의 면전에서 하품을 하는 것은 예의에 어긋난다. 그것을
금하노라."

　군주가 말했다.

"저도 그건 어쩔 수가 없어요. 저는 먼 여행을 했어요. 그리고 잠을 못 잤어요…."

어린 왕자가 매우 당황스러워하며 말했다.

그러자 왕이 말했다.

"그렇다면 짐의 명령이니 하품을 하거라. 몇 년째 누가 하품을 하는 걸 보지 못했다. 짐에게는 하품도 흥밋거리다. 자, 어서! 다시 하품을 해라. 명령이니라."

어린 왕자는 얼굴이 온통 빨개지면서 말했다.

"그러시니까 겁이 나네요…. 못하겠어요…."

왕이 대답했다.

"에헴! 에헴! 그러면 짐은… 짐이 명하노니 어떨 땐 하품을 하고 또 어떨 땐 하지 말고…."

왕은 말을 조금 더듬거리고 있었는데 기분이 상한 모습이었다.

왜냐면 왕은 본질적으로 자신의 권위가 존중받는 것에 집착했기 때문이다. 왕은 불복종을 용인하지 못했다. 그는 절대군주였던 것이다. 그러나 왕은 아주 선량했기 때문에 합리적인 명령을 내렸다.

왕은 보통 이렇게 말하곤 했다.

"짐이 명령을 내렸는데, 짐이 어느 장군에게 바닷새로 변하라고 명령을 내렸는데, 그 장군이 복종을 하지 않는다면 그건 그 장군의 과오가 아니니라. 짐의 과오이리니."

어린 왕자가 조심스레 물었다.

"좀 앉아도 될까요?"

"짐이 명하노니 앉거라."

왕은 이렇게 대답하고는 담비 무늬 망토의 한쪽 자락을 위엄 있게 거두어들였다.

그런데 어린 왕자는 놀랐다. 별이 아주 작았던 것이다. 이 왕은 대체 무엇을 통치한다는 것일까?

어린 왕자가 말했다.

"폐하…, 죄송하지만 여쭤볼 것이 있는데요…."

왕이 서둘러 말했다.

"짐이 명하노니 물어보아라."

"폐하…, 폐하께서는 무엇을 다스리시나요?"

왕은 아주 간단하게 대답했다.

"모든 걸 다스리지."

"모든 걸요?"

왕은 알 듯 말 듯 한 몸짓으로 자신의 행성과 다른 행성들, 그리고 별들을 가리켰다.

어린 왕자가 말했다.

"저 모든 것을요?"

왕이 대답했다.

"저 모든 것을…."

왜냐면 그는 절대군주였을 뿐만 아니라 우주의 왕이었으니까.

"그럼 별들도 폐하께 복종하나요?"

왕이 말했다.

"물론이지. 별들도 즉각 복종하지. 나는 규율 위반을 허용치 않는다."

어린 왕자에게는 그런 권력이 경이로웠다. 자기에게 그런 권력이 있었더라면, 의자를 끌어당길 필요도 없이 하루에 마흔네 번이 아니라 일흔두 번, 아니 심지어 백 번, 아니 이백 번이나 해가 지는 것을 볼 수 있었을 것이었다. 그리고 자신이 버리고 온 작은 행성에 대한 추억 때문에 조금 슬픈 기분이 들어서 어린 왕자는 대담하게 왕에게 한 가지 은혜를 베풀어달라고 간청했다.

"저는 해가 지는 걸 한번 보고 싶은데요…. 그렇게 해주시면 기쁘겠네요…. 해가 지도록 해에게 명령을 내려주세요…."

"짐이 어느 장군에게 나비처럼 이 꽃에서 저 꽃으로 날아가라고 명하거나, 비극 작품을 한 편 쓰라고 하거나, 바닷새로 변하라고 명한다면, 그런데 그 장군이 받은 명령을 실행하지 못한다면, 잘못한 것은 그 장군이겠느냐? 아니면 짐이겠느냐?"

어린 왕자가 단호하게 말했다.

"그건 임금님이겠죠."

왕이 답했다.

"바로 그렇다. 누구에게든 저마다 내놓을 수 있는 걸 내놓으라고 해야 한다. 권위는 먼저 이성에 근거를 두어야 하지. 네가 만일 네 백성들에게 바다에 가서 빠지라고 명령을 내린다면 백성들은 혁명을 일으킬 것이다. 짐이 복종을 요구할 권리가 있는 것은 짐의 지시들이 합리적이기 때문이다."

한번 질문을 하면 결코 잊어버리지 않는 어린 왕자가 부탁을 상기시키면서 말했다.

"그럼 제가 해가 지게 해달라고 한 것은요?"

"네가 바라는 해넘이는 이루어질 것이다. 짐이 그걸 요구할 테니까. 하지만 짐의 통치술에 따라 여건이 순조로울 때를 기다리겠다."

어린 왕자가 물었다.

"그게 언제가 될까요?"

왕은 먼저 커다란 달력을 훑어보고는 어린 왕자에게 대답했다.

"에헴! 에헴! 그건 오늘 밤, 에헴! 에헴! 대략… 대략… 일곱 시 사십 분쯤이 될 거다! 그러면 넌 해가 짐의 명령에 얼마나 잘 복

이 왕은 아무도 없는 별을 혼자 지키고 있는 이상한 임금이다. 그런데 그의 통치술은 백성이나 신하가 수용할 수 있는 합리성에 근거하고 있다. 이합리적 통치술은 겉으로는 그럴듯해 보이지만 실상은 공허하다. 군주제는 이미 낡은 제도이고, 그는 모든 것을 지배한다고 생각하지만 사실은 아무것도 지배하고 있지 않기 때문이다. 이 왕은 허상 속에 살고 있다. 왕에게 남은 것은 권위와 형식일 뿐이다.

한편 참된 진리로 다스리는 세상에 대한 작가의 관심은 미완의 작품『성채』에 응축되어 있다. 어린 시절 부친을 잃은 성채의 영주가 아버지의 가르침과 신의 말씀에 따라 정신의 성채를 세워 나가는 일화와 성찰 속에는 여러 장군과 부하에 대한 이야기가 종종 나온다. 니체의 『차라투스트라는 이렇게 말했다』에 대한 도전인 듯 사막 위에 신전을 세우려는 기나긴 탐색은 기존의 작품에서 작가가 보여준 인본주의와는 차이가 커서 또다른 관점에서의 탐색이 필요하다.

종하는지 보게 될 거다."

어린 왕자는 하품을 했다. 해넘이를 못 보는 것이 아쉬웠다. 그리고 벌써 조금 심심했다.

어린 왕자가 왕에게 말했다.

"저는 이제 여기서 할 일이 없네요. 떠날게요!"

신하가 한 명 생겨서 아주 자랑스러웠던 왕이 대답했다.

"가지 마라. 가지 마. 장관을 시켜주마."

"무슨 장관을요?"

"버… 법무장관이다!"

"하지만 재판을 받을 사람이 아무도 없는데요!"

왕이 말했다.

"세상일은 모르는 법. 짐은 아직 짐의 왕국을 둘러보지 못했다. 짐은 너무 늙은 데다, 사륜마차를 세워둘 곳도 없고, 걸어 다니는 건 너무 피곤하다."

어린 왕자는 몸을 기울여 행성의 다른 편을 한 번 더 보고는 말했다.

"아하! 하지만 저는 벌써 보았는데요. 저쪽에도 아무도 없어요…."

왕이 어린 왕자에게 대답했다.

"그러면 네 자신을 심판하여라. 그게 가장 어려운 일이다. 남을 심판하는 것보다 자기 자신을 심판하는 것이 훨씬 더 어렵다. 만일 네가 네 자신을 제대로 잘 심판한다면 그건 네가 참으로 현명한 사람이라는 뜻이다."[*]

어린 왕자가 말했다.

"저는, 저는 어디서든 저를 심판할 수 있어요. 저는 여기서 살 필요가 없어요."

왕이 말했다.

"에헴! 에헴! 내 행성 어딘가에 늙은 쥐가 한 마리 있는 것 같다. 밤마다 그놈 소리가 들려. 그 늙은 쥐를 심판해도 된다. 때때로 그놈에게 사형선고를 내려라. 그렇게 하면 그놈의 목숨은 너의 재판에 달려 있게 된다. 하지만 너는 그놈의 목숨을 아끼기 위해 매번 사면해주어라. 이곳에 한 마리밖에 없으니까."

어린 왕자가 대답했다.

"저는 사형선고를 내리는 걸 좋아하지 않아요. 그리고 정말 떠나야겠어요."

왕이 말했다.

"안 된다."

어린 왕자는 떠날 채비를 마쳤지만 늙은 군주의 마음을 아프

---

[*] 타인을 심판하는 것보다 자신을 올바로 심판할 줄 아는 사람이 현자라는 왕의 말은 꽤나 깊은 의미가 있다. 사실 왕의 말들은 말 그 자체로는 의미가 깊다. 세상일은 모르는 법이라는 왕의 말은 어린 왕자 자신의 견해로도 반복된다. 이처럼 왕이 하는 말 중에는 가르침이 될 만한 내용들이 있다. 다만 그것이 허상 속에 사는 왕의 현실에는 부합하지 않으므로 공허하다.

게 하고 싶지 않았다.

"만일 폐하께서 정확한 시간에 복종을 받고 싶으시다면, 저에게 합리적인 명령을 내리시면 되겠죠. 예를 들어, 일 분 내로 떠나라고 명령을 내릴 수 있죠. 여러 조건이 순조로운 것 같은데요…."

왕이 아무 대답도 하지 않자 어린 왕자는 처음엔 머뭇거리다가 이윽고 한숨을 내쉬며 출발했다.

그러자 왕이 다급히 외쳤다.

"짐은 그대를 외교대사로 임명하노라."

왕은 잔뜩 위엄을 세운 표정을 짓고 있었다.

'어른들은 정말 이상해.'

어린 왕자는 여행을 계속하며 마음속으로 이렇게 생각했다.

XI

두 번째 행성에는 허영쟁이*가 살고 있었다.

"하! 하! 나를 찬미하는 자가 찾아왔군!"

어린 왕자가 보이자마자 멀리서부터 허영쟁이가 외쳤다.

왜냐면 허영에 빠진 사람들은 다른 사람들을 모두 자기를 찬미하는 사람으로 생각하기 때문이다.

어린 왕자가 말했다.

"안녕하세요. 재밌는 모자를 썼네요."

허영쟁이가 대답했다.

"인사를 하기 위해서지. 사람들이 나를 보고 환호할 때 인사

---

* 프랑스어 원문의 'le vaniteux'는 '허영에 빠진 사람'을 뜻한다. 그런데 우리말에 이에 대응되는 단어는 딱히 없다. 엇비슷하게 '허풍쟁이'가 있지만 그것은 '허풍(虛風)', 즉 말이나 행동을 과장하는 사람이라는 뜻이라 이 글에서의 의미에 부합하지 않는다. 본 번역에서는 '허영'에 '쟁이'를 결합하여 '허영쟁이'라고 조어하여 옮겼다. 안응렬과 황현산은 '허영쟁이'로, 김현은 '허영꾼'으로 옮겼고, 김화영은 '허영심에 빠진 사람'으로 풀어 옮겼다.

를 하기 위해서야. 불행하게도 이쪽으로는 아무도 지나다니질
않지만."

어린 왕자는 무슨 말인지 이해하지 못해서 말했다.

"아, 그래요?"

그러자 허영쟁이가 이렇게 권했다.

"손뼉을 쳐봐."

어린 왕자가 손뼉을 쳤다. 허영쟁이는 모자를 들어 올리며 겸손하게 인사했다.

어린 왕자는 속으로 '임금님을 방문했던 것보다 더 재밌는걸' 하고 생각했다. 그리고 다시 손뼉을 쳤다. 허영쟁이는 모자를 들어 올리며 인사를 다시 시작했다.

오 분이나 연습을 하고 나자 어린 왕자는 놀이가 단조로워서 지쳐버렸다.

어린 왕자가 물었다.

"모자를 벗도록 하려면 어떻게 해야 하죠?"

하지만 허영쟁이는 그의 말을 듣지 못했다. 허영에 빠진 사람들은 칭찬하는 말밖에 듣지 못한다.

허영쟁이가 어린 왕자에게 물었다.

"너는 정말로 나를 많이 찬미하는 거니?"

"'찬미한다'는 말은 무슨 뜻이에요?"

"'찬미한다'는 것은 '내가 이 별에서 가장 잘 생겼고, 가장 옷을 잘 입었고, 가장 부유하고, 가장 머리가 좋다는 것을 인정한다'는 뜻이야."

"하지만 당신 별에는 당신밖에 없는데요!"

"내게 그런 기쁨을 줘봐. 아무튼 나를 찬미하라고!"

어린 왕자는 어이가 없다는 듯 어깨를 으쓱 올리며 말했다.

"당신을 찬미해요. 하지만 이 말이 어떤 점에서 당신에게 이로울 수 있죠?"

그리고 어린 왕자는 떠났다.

'어른들은 정말이지 아주 이상해.'

어린 왕자는 여행을 계속하며 마음속으로 단지 이렇게 되뇌었다.

- 작가는 미완의 『성채』의 60장에서 허영에 대해 비판하면서 "허영은 악덕이라기보다 하나의 질병"이라고 일갈했다.

XII

그다음 행성에는 술꾼이 살고 있었다. 이번 방문은 아주 짧았지만 어린 왕자를 무척 우울하게 만들었다.

어린 왕자는 빈 술병과 가득 찬 술병 들을 한 무더기씩 쌓아놓고 그 앞에 말없이 앉아 있는 술꾼을 발견하고는 그에게 물어보았다.

"여기서 뭐 하세요?"

침울한 표정으로 술꾼이 대답했다.

"술 마시고 있어."

어린 왕자가 술꾼에게 물었다.

"왜 술을 마셔요?"

술꾼이 대답했다.

"잊으려고."

벌써부터 술꾼이 불쌍하게 여겨져서 어린 왕자가 다시 물었다.

"무얼 잊으려고요?"

고개를 숙이며 술꾼이 털어놓았다.

"부끄러움을 잊으려고."

술꾼을 도와주고 싶은 마음에 어린 왕자가 캐물었다.

"뭐가 부끄러운데요?"

"술을 마시는 게 부끄럽지!"

술꾼은 이렇게 말을 마치고는 결국 침묵에 갇혀버렸다.

그래서 어린 왕자는 당황해서 자리를 떴다.

'어른들은 도대체가 정말 정말 이상해.'

여행을 계속하며 어린 왕자는 마음속으로 이렇게 생각하고 있었다.

● 술꾼의 문제는 술을 많이 마시는 데 있는 것이 아니라 '술을 마시는 것이 부끄러워서 술을 마신다'는 자폐적 모순에 갇혀 있다는 데 있다. 그러니까 이 일화는 단지 술꾼을 비난하는 이야기라기보다는 자신의 모순을 모르는 사람, 삶에 용기를 잃어버린 사람에 대한 비판에 초점이 있다.

XIII

네 번째 행성은 사업가의 별이었다. 이 사람은 너무 바빠서 어린 왕자가 도착했을 때 고개도 들지 않았다.[·]

어린 왕자가 그에게 말했다.

"안녕하세요? 담뱃불이 꺼졌네요."

"3 더하기 2는 5. 5에 7이면 12. 12에 3이면 15. 안녕! 15에 7이면 22. 22에 6이면 28. 담뱃불 붙일 시간 없어. 26에 5면 31. 어이쿠! 그러니까 5억 162만 2731이군."

·   프랑스어 원문에서 작가는 사업가라는 단어를 영어 'businessman'으로 썼다. 'businessman'은 '바쁘다'라는 형용사 'busy'에 명사파생 접미사 '-ness'가 붙고 거기에 사람이라는 'man'이 붙어 'busi+ness+man'이 되었다. 즉 어원으로 보면 영어의 사업가는 '바쁜 사람'이다. 작가는 그래서 이 대목에서는 프랑스어로 사업가를 뜻하는 'homme d'affaires'를 쓰지 않고 영어단어를 쓴 것으로 보인다. 생텍쥐페리는 현대 산업사회의 물질만능주의에 비판적이었는데 특히 자본주의가 발달한 미국에서 인간성이 황폐화되는 사태를 목격했다. 『어린 왕자』에는 영어단어가 한 번 더 나오는데, 17장(97쪽)에서 회의로 옮긴 'meeting'이다. 작가는 미국 체류 중에 이 단어를 많이 접한 것 같다.

"뭐가 5억인데요?"

"어? 안 가고 계속 있었어? 5억 1백만… 어, 잊어버렸네…. 난 일이 너무 많아! 지금 심각해. 난 쓸데없는 소리나 하면서 빈둥거리지 않아! 2에 5 하면 7이고…"

"뭐가 5억 1백만이라고요?"

살아오면서 한번 질문을 던지면 결코 포기한 적이 없는 어린 왕자가 다시 물었다.

사업가가 고개를 들었다.

"난 54년 전부터 이 별에 살았는데, 딱 세 번 방해받았어. 첫 번째는 22년 전인데, 어디서 떨어졌는지는 하느님만 알 수 있는 풍뎅이 때문이었어. 그놈은 무시무시한 소리를 냈지. 그래서 난 덧셈에 네 군데나 실수를 했어. 두 번째는 11년 전인데, 급성 류마티스 관절염 때문이었지. 난 운동 부족이거든. 한가로이 거닐 시간이 없어. 난 성실한 사람이야. 세 번째는… 바로 지금 이야! 그러니까 내가 5억 1백만에… 뭐라고 말하고 있었더라."

"뭐가 몇 백만인데요?"

사업가는 조용히 일할 가망이 없다는 걸 알아차렸다.

"드문드문 하늘에 보이는 수백만 개의 저 조그만 것들 말이야."

"파리들인가요?"

"아니, 작게 반짝거리는 것들."

"꿀벌들요?"

"아냐. 빈둥거리는 사람들을 공상에 잠기게 하는 황금빛의 작은 것들 말이야. 하지만 난 진지한 사람이야! 몽상에 잠길 시간은 없어."

"아! 별들 말인가요?"

"맞았어. 별들이야."

"그럼 5억 개의 별들을 가지고 뭘 하세요?"

"5억 162만 2731개야. 난 성실한 사람이야. 정확하고."

"그럼 그 별들을 가지고 뭘 하세요?"

"그걸로 뭘 하냐고?"

"그래요."

"아무것도 안 해. 소유하고 있는 거지."

"그 별들을 소유한다고요?"

"그래."

"그런데 난 벌써 어떤 임금님을 만났는데요….."

"왕들은 소유하지 않아. 왕들은 '통치'하지. 그건 아주 다른 거야."

"별들을 소유하면 무슨 소용이 있어요?"

"내가 부자가 되는 데 도움이 되지."

"부자가 되면 무슨 소용이 있어요?"

"누군가 또 별을 발견하면 말이야, 그 별들을 사는 거지."

어린 왕자는 마음속으로 생각했다.

'이 사람도 아까 술주정뱅이와 같은 논리로 생각하네.'

그렇지만 어린 왕자는 다시 질문을 던졌다.

"어떻게 별을 소유할 수 있죠?"

사업가는 짜증을 내며 반문했다.

"별들이 누구 건 줄 알아?"

"나는 몰라요. 누구의 것도 아니죠."

"그러니까 내 거야. 왜냐면 내가 가장 먼저 그걸 가질 생각을 했으니까."

"그러면 다 되는 거예요?"

"물론이지. 그 누구의 것도 아닌 다이아몬드를 네가 발견하면 그건 네 거야. 그 누구의 것도 아닌 섬을 네가 발견하면 그건 네 거야. 어떤 발상을 맨 먼저 네가 떠올리면 넌 그것에 특허를 낼 수 있어. 그 생각은 네 거니까. 그래서 나는 별들을 소유하고 있는 거야. 왜냐면 결코 그 누구도 나보다 먼저 그걸 소유할 생각을 하지 못했으니까."

어린 왕자가 말했다.

"그건 맞아요. 그런데 그걸 가지고 뭘 할 거예요?"

사업가가 말했다.

"관리하는 거지. 그것들을 세고 또 세는 거야. 힘든 일이지. 하지만 난 성실한 사람이야!"

어린 왕자는 여전히 만족스럽지 않았다.

"나라면, 만약 내가 목도리를 하나 갖고 있다면 목에 두르고 다닐 수 있어요. 만약 나라면, 내게 꽃 한 송이가 있다면 그 꽃을 따서 가지고 다닐 수 있어요. 하지만 아저씨는 별들을 딸 수 없잖아요!"

"그래, 하지만 은행에 예치할 수는 있어."

"그게 무슨 말이에요?"

"무슨 말인가 하면, 조그만 종이에 내 별들의 개수를 적어 넣는 거지. 그다음엔 그 종이를 서랍에 넣어 자물쇠로 잠그는 거야."

"그게 전부예요?"

"그걸로 충분하지!"

어린 왕자는 생각했다.

'재밌네. 꽤나 시적인걸.* 하지만 그다지 중요한 일은 아니야.'

어린 왕자는 중요한 일들에 대해 어른들의 생각과는 아주 다른 생각을 갖고 있었다.**

어린 왕자가 다시 말했다.

"나는, 내가 날마다 물을 주는 꽃을 하나 가지고 있어요. 일주일마다 청소를 하는 화산도 세 개 가지고 있고요. 왜냐면 불이 꺼진 화산도 청소하니까요. 또 살아날지 모르잖아요. 내가 화산과 꽃을 소유하고 있다는 것은 화산들에도 도움이 되고 꽃에도 도움이 되죠. 하지만 아저씨는 별들에게 도움이 되지 않아요…."***

사업가는 입을 벌렸지만 아무 대답도 찾아내지 못했다. 그래

• 프랑스어 원문은 'assez poétique'로 '꽤나 시적이다', '멋있다'는 뜻이다. 어린 왕자가 이렇게 말한 까닭은 사업가가 쓸모없는 별의 개수를 적은 서류를 은행 금고에 맡기는 행위가 보이는 것을 보이지 않게 감추는 어떤 신비로운 비밀 작업과 유사하기 때문이다. 하지만 바로 이어서 말하다시피 그것은 '중요한' 혹은 '진지하고 심각한' 일은 아니다.

•• 이 문장은 작품의 본질적인 주제를 가리키는 문장 중 하나이다. 앞서도 살펴보았듯이 이 책에서 작가는 프랑스어 단어 'sérieux'의 여러 의미를 모두 활용하여 인생에서 '진지하고, 심각하고, 성실하고, 중요한 일들(les choses sérieuses)'을 탐구하고 있다. 어린 왕자는 정말로 중요한 것을 망각한 채 당장에 눈앞에 보이는 것들만을 중요하다고 생각하는 어른들의 사고방식과 가치관을 비판하고 있다.

••• 어린 왕자는 아직 여우에게서 길들이기를 통해 친구가 되는 이치에 대해 배우지 않았다. 하지만 어린 왕자는 어떤 관계가 의미를 가지려면 단순한 소유가 아니라 서로에게 도움이 되는 일을 해야 한다는 것은 알고 있다. 그래서 그는 다음 장에서 가로등지기에게 감탄한다.

서 어린 왕자는 자리를 떴다.

'어른들은 정말이지 완전히 비정상적이야.'

어린 왕자는 여행을 계속하며 마음속으로 단지 이렇게 생각하고 있었다.

XIV

다섯 번째 행성은 아주 흥미로웠다. 그 별은 모든 별 중에서 가장 작은 별이었다. 거기에는 겨우 가로등 하나와 가로등에 불을 켜는 사람이 들어설 자리밖에 없었다. 어린 왕자는 하늘나라 어딘가에 있는 집도 사람도 없는 별에서 가로등과 가로등지기*가 무슨 쓸모가 있는지 이해할 수가 없었다. 그러는 동안 마음속으로는 이렇게 생각했다.

'어쩌면 정말 저 사람은 부조리한 사람일지도 몰라. 그렇지만 왕이나, 허영쟁이, 사업가, 술꾼만큼 부조리하지는 않아. 적어도 이 사람이 하는 일은 어떤 의미가 있어. 그가 가로등에 불을 켜면 그것은 마치 하나의 별이나 한 송이 꽃을 더 생겨나게 하

---

* 그동안 '가로등에 불을 켜는 사람(allumeur de révérbères)'에 대한 번역어도 여러 가지가 있었다. 안응렬은 '등 켜는 사람', 김현은 '점등인', 김화영과 황현산은 '가로등 켜는 사람'으로 옮겼다. 어휘의 차원에서나 문화적 차원에서 정확히 대응되는 관례적 직업 용어는 없다. 본 번역에서는 '가로등지기'를 주로 삼고 문맥에 따라 '점등원'으로 바꾸기도 했다.

는 것과 같아. 가로등의 불을 끄면 그 꽃이나 별을 재우는 거고. 그건 정말 멋진 직업이야. 그건 멋지기 때문에 진정으로 유익한 거야.'

별에 도착하자 어린 왕자는 가로등지기에게 정중하게 인사를 했다.

"안녕하세요? 왜 방금 가로등을 껐나요?"

가로등지기가 대답했다.

"그건 규정이니까. 안녕, 좋은 아침!"

"규정이 뭔데요?"

"내 가로등의 불을 끄는 거. 안녕, 좋은 저녁!"

그리고 그는 다시 불을 켰다.

"그런데 왜 다시 불을 켰어요?"

가로등지기가 대답했다.

"규정이니까."

어린 왕자가 말했다.

"난 이해하지 못하겠어요."

• 다섯 번째 행성에 이르면 어린 왕자의 생각이 훨씬 깊어지고 있음을 알 수 있다. 앞서 네 개 행성에서 경험한 것을 통해 그에게는 점차 가치 있는 삶에 대한 생각들이 자리를 잡아간다. 그는 멀리서 점등원의 작업을 보고 그 아름다움에 감탄한다. 아름다움은 삶에 유익하다. 달리 말하면 미적 차원은 존재론적 의미를 가진다. 문학과 예술이 삶에 필요한 이유이다.

"난 지금 끔찍하게 힘든 일을 하고 있어."

가로등지기가 말했다.

"이해하고 말고 할 것 없어. 규정은 규정이니까. 안녕, 좋은 아침!"

그리고 그는 가로등을 껐다.

이어서 빨간 네모 무늬 손수건으로 이마를 닦았다.

"난 지금 끔찍하게 힘든 일을 하고 있어. 옛날에는 합리적이었지. 아침에는 불을 껐고 저녁에는 불을 켰어. 나머지 낮 시간은 쉬는 데 쓰고, 나머지 밤 시간은 자는 데 썼어…."

"그럼, 그 시대 이후로 규정이 바뀌었나요?"

가로등지기가 말했다.

"규정은 바뀌지 않았어. 바로 그게 비극인 거야! 별은 한 해 한 해 점점 더 빨리 회전하는데 규정은 바뀌지 않았다고!"

어린 왕자가 말했다.

"그래서요?"

"그래서 지금은 별이 일 분에 한 번씩 회전하고 있으니까 난 이젠 일 초도 쉴 시간이 없는 거야. 일 분에 한 번씩 켰다 껐다 한다니까!"

"정말 웃기네요! 아저씨한테는 하루하루의 시간이 일 분이네요."

가로등지기가 말했다.

"하나도 우스울 게 없어. 우리가 함께 이야기를 나누는 동안 벌써 한 달이 흐른 거야!"

"한 달이요?"

"그래. 삼십 분이니까 삼십 일이 된 거지! 안녕, 좋은 저녁!"

그리고 그는 다시 가로등을 켰다.

어린 왕자는 그를 바라보았다. 그리고 규정에 그토록 충실한 그 가로등지기가 마음에 들었다. 예전에 의자를 끌어당기면서 보러 가곤 했던 해넘이 장면들이 떠올랐다. 어린 왕자는 친구 같은 그 가로등지기를 돕고 싶었다.

"있잖아요…. 아저씨가 쉬고 싶을 때 쉴 수 있는 방법을 난 알고 있어요…."

가로등지기가 말했다.

"난 언제나 쉬고 싶어…."

왜냐면 사람은 성실하면서도 동시에 게으를 수 있는 법이니까.

어린 왕자는 말을 이었다.

"이 별은 너무 작아서 아저씨가 세 걸음만 걸으면 한 바퀴를 돌아요. 계속해서 햇살을 받으려면 웬만큼 천천히 걷기만 하면 돼요. 쉬고 싶을 때면 걸으세요…. 그러면 아저씨가 원하는 만큼 낮이 오래도록 이어질 거예요."

가로등지기가 말했다.

"그런 건 나한테 별로 도움이 안 돼. 인생에서 내가 사랑하는 건 잠자는 거야."

어린 왕자가 말했다.

"운이 없네요."

가로등지기가 말했다.

"운이 없어. 안녕, 좋은 아침!"

그리고 가로등지기는 가로등을 껐다.

어린 왕자는 더 멀리까지 여행을 계속하면서 이렇게 생각했다.

'저 사람은 나머지 모든 사람들, 왕이나 허영쟁이나 술꾼이나 사업가한테서 업신여김을 당하겠지. 그렇지만 나한테는 우스꽝스럽지 않은 유일한 사람이야. 아마도 그건 저 사람이 자기 자신이 아니라 타인을 위한 일에 전념하고 있기 때문일 거야.'

어린 왕자는 아쉬운 한숨을 내쉬고는 다시 속으로 생각했다.

- 가로등 켜는 사람에 대한 어린 왕자의 평가에는 작가의 가치관이 들어 있다. 어린 왕자의 독백으로 제시된 이 문장은 이 일화의 맨 앞쪽에서 이미 한 번 했던 말이다. 그만큼 강조하고 있다. 그런데 주목할 것은 앞에 나온 문장이다. "어쩌면 정말 저 사람은 부조리한 사람일지도 몰라. 그렇지만 왕이나, 허영쟁이, 사업가, 술꾼만큼 부조리하지는 않아. 적어도 이 사람이 하는 일은 어떤 의미가 있어." 어린 왕자는 앞서 만난 여러 인물들을 '부조리(absurde)'하다고 평가하고 있지만 가로등을 켜는 일은 남에게 희망을 주는 일이므로 의미가 있다고 평가한다. 그러나 유감스럽게도 가로등지기는 단순하게 반복되고 점점 빨라지는 산업시스템에 지쳐 삶의 의미를 온전히 깨달을 여유가 없다.

  그런데 『어린 왕자』의 가로등지기는 알베르 카뮈가 『시시포스 신화』에서 부조리 철학을 논하면서 제시한 시시포스와 비교할 만하다. 끝없이 굴러 떨어지는 바윗돌을 산꼭대기로 밀어 올리는 형벌을 받은 시시포스의 삶은 부조리하다. 그러나 그런 삶을 운명으로 긍정하고 적극적으로 받아들일 때 인생은 의미를 갖게 된다. 마찬가지로 『어린 왕자』의 점등원도 단조로운 삶을 살고 있지만 그것이 타인에게 도움이 되는 보람된 삶임을 자각할 수만 있다면 삶이 더욱 의미 있게 다가올 것이라고 생텍쥐페리는 생각하고 있다. 흥미롭게도 『어린 왕자』는 1943년 미국에서 먼저 출간되었는데 프랑스에서는 카뮈의 『시시포스 신화』가 같은 해에 나왔다.

'저 사람은 내가 친구로 삼을 수도 있었던 유일한 사람이야. 그런데 저 별은 정말로 너무 작아. 둘이 있을 만한 자리가 없어⋯.'
어린 왕자가 차마 드러내어 말하지 못하는 것이 있었다. 그것은 무엇보다도 스물네 시간 동안 천사백사십 번이나 해가 지는 그 축복받은 별에 미련이 남았다는 것이었다.

XV

여섯 번째 행성은 열 배는 더 넓은 별이었다.

그곳에는 굉장히 두꺼운 책을 쓰는 늙은 선생이 살고 있었다.

그 선생은 어린 왕자가 눈에 띄자 큰 소리로 외쳤다.

"이런! 탐험가가 한 명 왔군!"

어린 왕자는 책상에 걸터앉아서 잠시 숨을 돌렸다. 어린 왕자는 벌써 여행을 많이 했던 것이다!

늙은 선생이 어린 왕자에게 말했다.

"넌 어디서 왔니?"

어린 왕자가 말했다.

"이 큰 책은 무슨 책이에요? 여기서 뭘 하고 계세요?"

늙은 선생이 말했다.

"난 지리학자란다."

"지리학자가 뭐예요?"

"그건 바다와 강, 도시, 산, 그리고 사막이 어디에 있는지 아는 학자야."

어린 왕자가 말했다.

"그거 정말 흥미로운데요. 그야말로 진정한 직업이군요!"

그리고 어린 왕자는 주변을 둘러보며 지리학자의 별에 눈길을 주었다. 어린 왕자는 아직까지 그만큼 장엄한 별을 본 적이 없었다.

"선생님 별은 정말 아름답네요. 큰 바다도 있나요?"

지리학자가 말했다.

"난 그런 건 알지 못해."

"아! (어린 왕자는 실망했다.) 그럼 산은요?"

지리학자가 말했다.

"난 그런 건 알지 못해."

"그럼 도시와 강물과 사막은요?"

지리학자가 말했다.

"난 그런 것도 알지 못해."

"하지만 선생님은 지리학자잖아요!"

지리학자가 말했다.

"그건 맞아. 하지만 난 탐험가는 아니야. 그래서 내게는 탐험가들이 꼭 필요해. 도시와 강, 산, 바다, 대양과 사막을 세러 다니는 건 지리학자가 아니야. 지리학자는 산책하러 돌아다니기에는 임무가 막중해. 연구실을 떠나지 못해. 하지만 연구실에서 탐험가들을 접견하지. 탐험가들에게 질문을 던지고, 그들의 기억을 기록하는 거야. 그리고 그중 누군가의 기억이 흥미로워 보이면, 지리학자는 그 탐험가의 성품에 대해 조사를 하도록 시키지."

"왜 그렇게 하죠?"

"왜냐면 어떤 탐험가가 거짓말을 한다면 지리책에 끔찍한 문제들이 생길 테니까. 술을 너무 많이 마시는 탐험가도 그렇고."

어린 왕자가 물었다.

"어째서 그래요?"

"왜냐면 술주정뱅이들에게는 사물이 두 개로 보이거든. 그러면 지리학자는 산이 하나밖에 없는 곳에 두 개를 표시하게 되겠지."

어린 왕자가 말했다.

"저도 어떤 사람을 아는데요, 그 사람도 엉터리 탐험가일 수 있겠네요…."

"그럴 수 있지. 그러니까, 탐험가의 성품이 좋아 보일 때라야 그 사람이 발견한 것에 대해 조사를 하는 거야."

"보러 가나요?"

"아니야. 그건 너무 복잡해. 하지만 탐험가에게 증거를 대라고 요구하면 되지. 예를 들어 커다란 산을 발견했다고 한다면, 커다란 돌을 가져와 보라고 요구하는 거야."

갑자기 지리학자가 흥분했다.

"그러고 보니 넌 멀리서 왔지! 너도 탐험가야! 너의 별에 대해서 말해주렴!"

그러고는 지리학자는 기록장을 펴고 연필을 깎았다. 처음에는 탐험가들의 이야기를 연필로 적는다. 그리고 탐험가가 증거를 댈 때까지 기다렸다가 잉크로 적는다.

지리학자가 질문을 던졌다.

"어서 말해줄래?"

어린 왕자가 말했다.

"아이고! 저의 별은요, 그다지 흥미로운 게 없어요. 아주 작아요. 화산이 세 개 있어요. 두 개는 활화산이고 하나는 사화산이에요. 하지만 어떻게 될지는 결코 모르는 법이죠."

지리학자가 말했다.

"어떻게 될지는 아무도 모르지."

"저는 꽃도 하나 가지고 있어요."

지리학자가 말했다.

"지리학자는 꽃은 기록하지 않아."

"어째서 그래요? 엄청나게 예쁘잖아요!"

"왜냐면 꽃들은 덧없으니까."

"'덧없다'는 게 무슨 말이에요?"

지리학자가 말했다.

"지리책은 온갖 책들 중에서도 가장 진지한 책이야. 결코 유행을 따르지 않아. 산이 위치를 바꾸는 일은 거의 일어나지 않거든. 대양의 물이 다 비워지는 일도 거의 일어나지 않고. 우리는 영원한 것들만 기록하지."

어린 왕자가 말을 가로막았다.

"하지만 꺼진 화산도 다시 깨어날 수 있어요. '덧없다'는 말은 무슨 뜻이에요?"

지리학자가 말했다.

"화산이 꺼졌느냐 살아났느냐 하는 것은 우리 같은 사람들한테는 같은 말이야. 우리한테 중요한 것은 산이야. 산은 변하지 않아."

살아오면서 한번 질문을 던지면 결코 포기한 적이 없는 어린 왕자가 다시 물었다.

"그런데 '덧없다'는 말은 무슨 뜻이에요?"

"그 말은 '머지않아 사라질 위험이 있다'는 뜻이지."

"제 꽃은 머지않아 사라질 위험이 있나요?"

"물론이지."

어린 왕자는 생각했다.

'내 꽃은 덧없는 것이구나. 게다가 세상에 맞서 자신을 보호할 것이라곤 가시 네 개밖에 없고! 그런 꽃을 별에 혼자 남겨두었다니!'

그것은 어린 왕자가 처음으로 느끼는 후회의 감정이었다. 하지만 그는 다시 용기를 냈다. 그리고 물어보았다.

"선생님은 저보고 어디를 찾아가 보라고 권하시겠어요?"

지리학자가 대답했다.

"지구라는 행성이야. 그 별은 평판이 좋아…."

그래서 어린 왕자는 자기 별에 두고 온 꽃을 생각하며 길을 떠났다.

지리학자의 행성은 어린 왕자가 지구에 오기 전에 마지막으로 찾은 별이다. 지리학자의 작업 방식은 조금 특이하다. 지리학자는 영원한 지식을 탐구하고 꽃과 같이 생명을 지닌 덧없는 것에 대해서는 관심을 두지 않는다. 그런데 거꾸로 어린 왕자는 지리학자에게서 '덧없음'의 개념을 배우고 '소멸의 위험이 있는 것들', 즉 사라져가는 것들에 대한 인식을 새롭게 하게 된다. 이때의 인식은 시인 윤동주가 「서시」에서 쓴 "모든 죽어가는 것들"에 대한 사랑의 인식과 상통한다. 결국 지리학자는 이상한 어른이 아니라 어린 왕자에게 사물에 대한 새로운 인식을 준 학자이다. 그래서 이 일화의 말미에는 가로등지기를 만난 일화에서와 마찬가지로 "어른들은 정말 이상해."라는 말이 없다.

지리학자와의 대화를 보충하는 이 그림에서 눈여겨볼 것은 오른쪽 아래에 그려 넣은 선인장과 뼛조각이다. 회화적 구성으로 보면 조금 유치해 보이지만, 강인한 생명력을 나타내는 선인장과 죽음의 흔적인 뼛조각으로 생명의 소멸에 대해 말하고자 했음을 알 수 있다.

어린 왕자는 철새들의 이동을 이용해
자기의 별에서 빠져나온 것 같다.

XVI

그래서 일곱 번째 행성은 지구였다.

지구는 그저 그런 행성이 아니었다! 지구에는 111명의 왕들 (당연히 흑인 왕들도 포함하여), 7천 명의 지리학자, 90만 명의 사업가, 750만 명의 술주정뱅이, 3억 1천1백만 명의 허영쟁이, 말하자면 대략 20억 명의 어른들이 있다.[•]

지구의 크기가 얼마나 되는지 여러분이 상상할 수 있도록 이 말을 해야겠다. 전기를 발명하기 전에는 여섯 개 대륙 전체에

• 어린 왕자가 들른 여섯 개 행성의 주인들은 결국 모두 지구의 사람들이다. 그들은 두 부류로 나누어진다. 왕과 허영쟁이와 사업가는 각각 권력과 명예, 돈이라는 세속적 가치를 숭배하는 자들인데 그들은 스스로 대단하다고 생각하지만 타인과 관계를 맺지 못하는 공허한 삶을 산다. 그리고 술꾼, 가로등지기, 지리학자는 용기를 잃고 좌절한 사람, 일의 노예가 된 사람, 생명이 없는 지식에 빠진 사람이다. 즉, 이들은 삶의 가치를 상실한 사람들이다. 이들을 통해 작가는 부끄러움을 이겨내는 용기, 노동의 목적과 가치의 회복, 생명에 관심을 두는 학문의 중요성을 환기한다.

걸쳐 정말로 46만 2511명의 점등원을 두어야 했었다는 것이다.

좀 멀리서 보면 그 모습은 화려한 효과를 만들어냈다. 이 부대의 움직임은 마치 오페라단의 발레 군무처럼 규칙적이었다. 먼저 뉴질랜드와 호주의 점등원들 차례가 왔다. 이들은 자기들의 가로등을 켠 다음 잠을 자러 갔다. 그러면 중국과 시베리아의 점등원들이 차례로 들어와서 춤을 췄다. 그들도 그런 다음에는 무대 뒤로 모습을 감췄다. 그러면 러시아와 인도의 점등원들 차례가 왔다. 그다음은 아프리카와 유럽의 점등원들 차례. 그다음은 남아메리카 차례. 그다음은 북아메리카 차례였다. 게다가 점등원들은 무대에 오르는 순서를 틀리는 법이 없었다. 정말이지 장관이었다.

다만 북극에 딱 하나 있는 가로등을 켜는 점등원과 남극에 딱 하나 있는 가로등을 켜는 그의 동료는 한가롭고 태평한 생활을 하고 있었다. 그들은 한 해에 두 번만 일했던 것이다.

● 전기 에너지를 이용한 가로등이 나오기 이전의 가로등은 석탄 가스를 이용한 것이었다. 작가가 그린 삽화를 보면 가로등지기가 등불에 불을 붙이는 긴 장대 같은 도구를 들고 있다. 우리 문학에서는 1936년에 발표된 김광균의 시집 『와사등』의 표제시가 「와사등」인데 '와사등(瓦斯燈)'은 '가스등'의 한자어이다.

XVII

사람은 재치 있게 말하려다 보면 조금씩 거짓말을 하게 된다. 여러분에게 가로등에 불을 켜는 사람들에 대해 말할 때 나는 그다지 정직하지 못했다. 우리 별을 알지 못하는 이들에게 잘 못된 생각을 줄 위험이 있는 것이다. 지구에서 인간이 차지한 자리는 얼마 되지 않는다. 만약 지구에 사는 20억 명의 사람들이 회의를 할 때처럼 선 채로 조금 더 밀착하면 너비 20마일에 길이 20마일의 광장 하나에도 쉽게 들어갈 수 있을 것이다. 태평양의 가장 작은 섬에 인류 전체를 몰아넣을 수도 있을 것이다.

물론 어른들은 여러분의 말을 믿지 않을 것이다. 어른들은 자신들이 훨씬 더 넓은 장소를 차지하고 있다고 상상한다. 자신들이 바오밥나무처럼 거대하다고 생각하는 것이다. 그러니 어른들한테 계산을 좀 해보라고 권하기 바란다. 어른들은 숫자를 아주 좋아해서 그런 걸 즐거워할 것이다. 하지만 여러분은 그런 하찮은 일에 시간을 허비하지 말라. 그것은 쓸데없는

짓이다. 여러분은 내 말을 믿으면 된다.

지구에 도착한 어린 왕자는 그래서 눈에 띄는 사람이 아무도 없는 것에 적잖이 놀랐다. 별을 잘못 찾아오지 않았나 하고 벌써 걱정이 들었는데, 그때 모래 속에서 둥그런 달빛 고리가 꿈틀거렸다.

어린 왕자는 혹시나 해서 밤 인사를 했다.

"안녕, 좋은 밤!"

뱀이 대답했다.

"안녕!"

어린 왕자가 물었다.

"내가 떨어진 이곳은 무슨 별이니?"

뱀이 대답했다.

"지구야. 아프리카 대륙."

"아하, 그래! … 그럼 지구에는 사람이 아무도 없니?"

• 어린 왕자는 지리학자의 행성을 떠난 뒤에 지구로 온다. 그런데 이 대목에서 작가가 개입한다. 16장은 지구에 대한 작가의 설명이다. 어린 왕자가 하나씩 방문하던 별들과는 비교도 안 될 정도로 크다. 20억 명의 사람들이 사는 별이다. 그만큼 이야기의 공간이 압도적으로 커졌다. 이 말은 어린 왕자의 세계 체험이 어린이가 경험하는 아주 작은 세계에서 거대한 인간 세계 전체로 확대되었음을 의미한다. 그런데 작가는 인간 세계를 숫자상으로 크다는 것만으로 이해할 필요는 없다고 말하고 있다. 이 작품에서 큰 것과 작은 것의 관계는 절대적이지 않다. 보아뱀이 코끼리를 삼킬 수 있는 것처럼, 20억 명의 사람을 작은 섬에 몰아넣을 수도 있다.

뱀이 말했다.

"이곳은 사막이야. 사막에는 사람이 없어. 지구는 커다랗거든."

어린 왕자는 바위 위에 앉아서 하늘을 올려다보았다.

어린 왕자가 말했다.

"나는 사람들이 언젠가는 저마다 자기 별을 다시 찾을 수 있도록 별들이 반짝이고 있는 것은 아닐까 하는 생각이 들어. 내 별을 좀 봐. 바로 우리 머리 위에 있어…. 하지만 정말 멀리 있어!"

뱀이 말했다.

"아름답구나. 그런데 이곳에는 무얼 하러 왔니?"

어린 왕자가 말했다.

"어떤 꽃하고 이런저런 어려움이 좀 있었거든."●

뱀이 말했다.

"아하!"

그리고 둘은 입을 다물었다.

● 이 부분의 대화는 연결이 부자연스럽다. 뱀은 어린 왕자에게 여행의 목적을 물었는데 어린 왕자는 자기 별을 떠난 이유를 말하고 있다. 바로 앞에서는 별이 빛나는 이유에 대해 자기만의 해석을 먼저 제시하기도 했다. 무의식중에 자기가 떠나온 별에 대해 계속 생각하고 있음이 드러난다. 한편 어린 왕자는 장미와의 다툼을 "이런저런 어려움"이라고 말한다. 그것을 갈등(葛藤)으로 옮겨도 좋을 것 같다. 갈등의 한자어는 칡줄기와 등나무 줄기가 뒤얽힌 상태를 나타낸다. 어린 왕자의 행성에 여러 씨앗이 날아들어 문제를 일으킨다는 점에서 연상해보면 장미와의 문제도 성격이 다른 존재들 사이의 갈등이다.

"넌 이상하게 생긴 동물이구나.
손가락처럼 가느다랗고…"

마침내 어린 왕자가 다시 입을 열었다.

"사람들은 어디에 있니? 사막에 있으니 좀 외롭다…."

뱀이 말했다.

"사람들과 함께 있어도 외로워."*

어린 왕자는 뱀을 한참 바라보았다.

그리고 마침내 뱀에게 말했다.

"넌 이상하게 생긴 동물이구나. 손가락처럼 가느다랗고…."

뱀이 말했다.

"하지만 난 왕의 손가락보다도 강력해."

어린 왕자는 미소를 띠었다.

"넌 그다지 강력하진 않아…. 발도 없고… 여행도 할 수 없잖아."

뱀이 말했다.

"난 큰 배가 실어가는 것보다 더 멀리까지 널 실어갈 수 있어."

뱀은 어린 왕자의 발목을 금팔찌처럼 휘감았다.

뱀이 다시 말했다.

"내가 건드리는 사람은 누구든지 자기가 나온 땅으로 돌아가게 돼. 하지만 넌 순수하고 별에서 왔으니까…."

•   뱀은 고독과 죽음을 가르쳐주는 존재다. 그러나 사막의 뱀이 무슨 이유로 "사람들과 함께 있어도 외로워."라는 말을 하는지 전후 맥락으로는 알 수 없다. 다만 사막에 있든 사람들과 함께 있든 인간은 외로운 존재라는 작가의 생각이 들어 있는 것은 분명하다. 사실 이 작품에 나오는 모든 존재들은 외롭다.

어린 왕자는 아무 대답도 하지 않았다.

"널 보니까 가엾다. 그렇게 연약한데 화강암으로 된 이 지구에 왔으니. 언젠가 네가 너의 별을 너무 그리워하면 내가 도와줄 수 있어. 나는 할 수 있거든….

어린 왕자가 말했다.

"그래! 아주 잘 알겠어. 그런데 넌 왜 계속 수수께끼*로 말을 하는 거니?"

뱀이 말했다.

"난 모든 수수께끼를 다 해결하거든."

그리고 그들은 입을 다물었다.

- 뱀은 자기의 독으로 생명을 죽일 수 있다는 말을 직설적으로 하지 않고 "내가 건드리는 사람은 누구든지 자기가 나온 땅으로 돌아가게" 된다고 에둘러서 말한다. 이런 우언법(寓言法)을 어린 왕자는 수수께끼 같은 말이라고 보고 있다. 죽음을 환기하는 이 말에 죽음이라는 단어는 들어 있지 않다. 죽음은 비유적 형상으로 그려질 뿐이다. 어린이 독자를 위한 작가의 배려로 보인다.

XVIII

어린 왕자는 사막을 가로질러 갔는데 만난 것은 고작 꽃 한 송이뿐이었다. 꽃잎이 세 개인 꽃, 보잘것없는 꽃이었다….

어린 왕자가 말했다.

"안녕!"

꽃이 말했다.

"안녕!"

어린 왕자가 정중하게 물었다.

"사람들은 어디에 있니?"

꽃은 언젠가 카라반이 지나가는 것을 본 적이 있었다.

"사람들이라고? 내 생각엔, 예닐곱 명 정도 있는 거 같아.˚ 몇 년 전에 그 사람들을 본 적이 있어. 하지만 어딜 가야 만날 수

˚ 사막의 꽃은 제한된 경험으로 자기가 본 것이 세상의 전부라고 생각한다. 이 꽃은 그래도 자신은 정착하고 있으니 카라반 무리보다 나은 삶을 살고 있다고 착각한다. 세상이 얼마나 넓은지, 사람들이 얼마나 많은지 알지 못한 채 살아가는 존재이다.

있는지는 전혀 알 수 없어 그 사람들은 바람이 부는 대로 떠돌
아다녀. 뿌리가 없어서 불편한 점이 많지."

어린 왕자가 말했다.

"잘 있어."

꽃이 인사했다.

"잘 가."

XIX

어린 왕자는 어느 높은 산에 올라갔다. 그때까지 어린 왕자가 알던 산이라곤 고작 무릎 높이까지 오는 화산 세 개뿐이었다. 그리고 불이 꺼진 사화산은 걸상처럼 쓰고 있었다. 그래서 어린 왕자는 생각했다. '이렇게 높은 산에서라면 이 별 전체와 사람들을 모두 한눈에 볼 수 있겠네….' 하지만 눈에 띄는 것이라고는 뾰족뾰족한 바위 꼭대기들뿐이었다.

어린 왕자는 혹시나 해서 말을 했다.

"안녕하세요?"

메아리가 대답했다.

"안녕하세요…. 세요… 세요…"

어린 왕자가 말했다.

"당신들은 누구세요?"

메아리가 대답했다.

"당신들은 누구세요…. 누구세요… 누구세요…"

어린 왕자가 말했다.

"내 친구가 되어줘요. 난 외로워요."

메아리가 대답했다.

"난 외로워요···. 외로워요··· 외로워요···"

그래서 어린 왕자는 생각했다. '참 이상한 별이군! 온통 메마르고, 온통 뾰족뾰족하고, 온통 삭막해! 게다가 사람들은 상상력이 없나 봐. 들은 말만 반복하고 있어···. 내 별에 있는 꽃은 언제나 먼저 말을 했는데···.'*

---

* 경험과 시야가 좁은 사막의 꽃과 헤어진 어린 왕자는 행성 전체와 사람들을 한눈에 조망할 수 있는 높은 산에 올라간다. 그러나 사람이 없는 그곳에서 어린 왕자는 자기가 하는 말의 메아리만 들을 수 있을 뿐이다. 인간이 없는 곳에서는 세상에 대한 총체적인 인식이 불가능하다는 작가의 생각이 나타나 있다. 작가는 '인간의 대지'로 통하는 인간의 길을 추구한다.

XX

그러나 어린 왕자는 사막과 바위 지대와 눈이 덮인 곳을 지나며 오랫동안 걸어서 마침내 길을 하나 발견했다. 그렇게 모든 길은 인간에게로 통한다.

어린 왕자가 말했다.

"안녕!"

그곳은 장미꽃들이 피어난 정원이었다.

장미꽃들이 말했다.

"안녕!"

어린 왕자는 장미꽃들을 바라보았다. 그 꽃들은 모두 어린 왕자의 꽃과 비슷했다.

어린 왕자는 어리둥절해서 꽃들에게 물었다.

"너희들은 누구니?"

장미들이 말했다.

"우린 장미야."

"아, 그래!"

어린 왕자가 말했다….

그리고 어린 왕자는 자신이 몹시 불행하게 느껴졌다. 그의 꽃은 그에게 자기는 이 세상에 하나밖에 없는 품종이라고 말했었다. 그런데 이제 보니 단 하나의 정원에도 똑같이 생긴 꽃들이 오천 송이나 있었던 것이다!

어린 왕자는 생각했다.

'내 꽃이 이걸 보면 무척 화가 나겠는걸…. 엄청나게 기침을 해댈 거고 웃음거리가 되는 걸 피하려고 죽는 시늉을 할 거야. 그러면 난 내 꽃을 보살피는 척해야 할 테고. 왜냐면, 그렇게 하지 않으면 내게도 부끄러움을 주려고 정말로 꽃이 죽어버릴지도 모르니까….'

그리고 어린 왕자는 이런 생각도 했다.

'난 세상에 하나밖에 없는 꽃을 가진 부자라고 생각했었는데, 지금 보니 내가 가진 것은 평범한 장미꽃 한 송이일 뿐이네. 그 장미에다 무릎 높이밖에 안 되는 화산 세 개인데, 화산 하나는 어쩌면 영영 꺼져버린 것일 수도 있으니까. 그 정도 가지고는 난 대단한 왕자가 못 돼….'*

그래서 어린 왕자는 풀밭에 엎드려 울었다.**

---

* 『어린 왕자』에서 '왕자'를 가리키는 말 'prince'는 왕의 아들인 '왕자'만을 뜻하지는 않는다. 이 말은 한 지역을 다스리는 군주나 공국의 왕, '대군'이나 '대공'의 직위를 가리키기도 한다. 여기서 어린 왕자는 작은 별의 군주로서 자신의 위상이 더 큰 세계에 사는 존재들에 비해 상대적으로 미미하다는 것을 알게 되어 실망하고 있다.

** 장미꽃 정원에서 어린 왕자의 인생 공부는 위기에 빠진다. 그는 자신이 가진 장미꽃과 닮은 꽃들이 세상에 수없이 많음을 알게 된다. 어린 왕자가 작은 별에 살 때는 한 송이 장미와 화산 세 개로도 충분히 행복하다고 생각했을 것이다. 그런데 장미꽃 정원을 보게 되자 인간들의 세상이 훨씬 더 크고 양적으로 풍부해서 자신이 가진 것은 보잘것없다고 생각하게 된다. 소유물에 대한 상대적 비교 때문에 불행하다는 감정에 빠진 것이다. 어린 왕자는 실망하여 운다. 이야기의 전개로 볼 때 극적인 위기 상황이다.

그래서 어린 왕자는 풀밭에 엎드려 울었다.

여우가 나타난 것은 바로 그때였다.*

"안녕!"

여우가 말했다.

"안녕!"

어린 왕자는 정중하게 대답하며 돌아보았지만 아무것도 눈에
띄지 않았다.

"난 여기 있어, 사과나무 아래…."

같은 목소리가 말했다.

어린 왕자가 말했다.

"넌 누구니? 참 예쁘다…."

여우가 말했다.

"난 여우야."

어린 왕자가 여우에게 권했다.

"이리 와서 나랑 놀자. 난 지금 너무 슬퍼….."

여우가 말했다.

"난 너하고 놀 수 없어. 난 길들여지지 않았거든."

"아, 그래! 미안해."

어린 왕자가 말했다.

하지만 잠시 생각하고 나서 덧붙여 말했다.

"'길들인다'는 건 무슨 말이야?"

여우가 말했다.

"넌 여기 사는 애가 아니구나. 넌 뭘 찾고 있니?"

어린 왕자가 말했다.

"난 사람들을 찾고 있어. '길들인다'는 건 무슨 말이야?"

여우가 말했다.

"사람들은 총을 가지고 다니면서 사냥을 해. 그건 정말 성가
신 일이야! 그러면서 닭도 기르고. 그게 인간들의 유일한 관심
거리야. 넌 닭을 찾고 있니?"

- 프랑스 문학에서 여우가 우화의 주인공으로 등장한 것은 유래가 오래되
  었다. 12~13세기에 널리 퍼진 『여우 이야기(Roman de Renard)』는 약삭
  빠른 여우 르나르가 어리숙한 늑대 이장그랭을 골탕 먹이는 내용으로 노
  골적인 풍자와 해학이 두드러진다. 작가는 『어린 왕자』에서 인생의 가치
  를 가르치는 현자의 표상으로 여우를 등장시켰다.

어린 왕자가 말했다.

"아니야. 난 친구를 찾고 있어. '길들인다'는 건 무슨 말이야?"

여우가 말했다.

"그건 사람들이 너무나 잊고 있는 건데. 그 말은 '관계를 만든다…'는 뜻이야."

"관계를 만든다고?"

여우가 말했다.

"물론이지. 나한테 넌 아직은 십만 명의 아이들과 똑같은 어린아이일 뿐이야. 그래서 나는 너를 필요로 하지 않아. 너도 나를 필요로 하지 않고. 너한테 나도 십만 마리의 여우들과 비슷한 한 마리 여우일 뿐이니까. 하지만 네가 나를 길들이면, 우린 서로를 필요로 하게 될 거야. 너는 나한테 세상에서 유일한 존재가 되

는 거지. 나는 너한테 세상에서 유일한 존재가 되는 거고…."●

어린 왕자가 말했다.

"이해되기 시작했어. 꽃이 하나 있는데… 그 꽃이 나를 길들인 것 같아…."

여우가 말했다.

"그럴 수 있지. 지구에서는 온갖 일이 다 벌어지니까…."

어린 왕자가 말했다.

"아! 그건 지구에서가 아니야."

여우는 몹시 궁금한 기색이었다.

"그럼 다른 별에서니?"

"응."

● 길들인다는 말은 프랑스어로 'apprivoiser[아프리봐제]'인데 이 말은 사적인 것이라는 뜻인 라틴어 'privatus'에 어원이 있다. 그러니까 길들인다는 말은 사적인 것, 개인적인 것으로 만든다는 말이다. 물론 일차적인 의미는 들짐승을 가축으로 길들인다는 의미이다. 생텍쥐페리는 이 말을 인간관계의 특별한 결속을 뜻하는 의미로 확장하고자 했다. 그런데 프랑스 단어보다 오히려 우리말의 대응어가 더 풍부하고 아름다운 것 같다. '길들이다'라는 말은 '길+들이다'이니, 뜯어보면 사람의 마음속에 길을 내는 것이다. 서로 길들여진다는 것은 마음속에 타자가 들어가 다닐 수 있는 길이 만들어지는 것이다. 물론 마음으로 길들이기에 앞서 몸으로도 길들여야 한다. 생소한 것이 몸의 감각에 익숙해지면 몸과 마음이 통하는 길을 낸다. 일상의 도구나 책 한 권처럼 작은 것들도 몸에 길들면 흔하디 흔한 사물의 세계에서 벗어나 나만의 특별한 것이 된다. 그 익숙함은 감각을 넘어 감정에 길을 내고 은밀히 서로 통하게 만든다. 영어 번역어인 'tame'은 음절 수가 너무 짧아서 '길들이기'의 긴 과정을 환기하는 효과가 나지 않는 것 같다.

"그 별에도 사냥꾼들이 있니?"

"아니."

"야, 그거 재밌는데! 그럼 닭은?"

"없어."

여우가 한숨을 쉬었다.

"완전한 건 아무것도 없군."

하지만 여우는 다시 자기의 생각으로 돌아와서 말했다.

"내 삶은 단조로워. 난 닭을 사냥하고, 사람들은 나를 사냥하지. 닭들은 모두 비슷비슷해. 사람들도 모두 비슷비슷하고. 그래서 난 조금 심심해. 하지만 네가 나를 길들인다면, 내 삶은 햇살이 비치듯 환해질 거야. 난 여느 발걸음 소리와는 발소리를 알게 되겠지. 다른 발소리들은 나를 땅속에 숨게 만들어. 그런데 네가 내는 발소리는 음악처럼 땅굴 밖으로 나를 불러낼 거야. 그리고 저길 봐! 밀밭이 보이지? 난 빵을 안 먹어. 나한테 밀은 쓸모가 없어. 밀밭이 내 머리에 떠오르게 하는 건 아무것도 없어. 그건 슬픈 일이지! 하지만 네 머리칼은 밀밭처럼 황금빛이야. 그래서 네가 나를 길들이면 놀라운 일이 일어날 거야! 황금빛 밀이 너에 대한 추억을 떠오르게 할 테니까. 그러면 난 밀밭의 바람 소리를 좋아하게 될 거고…." •

• 　이 작품에서 지배적인 비유법은 환유(換喩)다. 대상과의 유사성을 전제로 일대일 관계로 대체하는 은유와 달리 환유는 인접성을 전제로 확장

여우는 입을 다물었다. 그리고 어린 왕자를 오래도록 바라보았다.

여우가 말했다.

"부탁이야…. 나를 길들여줘!"

어린 왕자가 대답했다.

"나도 그러고 싶어. 하지만 난 시간이 많지 않아. 친구들도 찾아야 하고, 알아야 할 것도 많고."

여우가 말했다.

"우리는 오직 길들이는 것들만 알 수 있어.* 사람들은 이제 그 어떤 것도 알 수 있는 시간이 없어. 상점에 가서 다 만들어진 물건들을 사고 있어. 하지만 친구를 파는 상인은 하나도 없으니까 사람들에게 친구가 없는 거야. 친구를 갖고 싶으면 나

하는 비유법이다. 길들여진 관계가 된 여우는 발걸음 소리만으로 어린 왕자를 떠올릴 수 있다. 그리고 어린 왕자의 머리칼 색깔 때문에 밀밭을 연상하고 더 나아가 밀밭의 바람 소리를 연상한다. 이와 같이 부분에서 전체, 보이는 것에서 보이지 않는 것 등으로 확장되는 환유가 이 작품에 가득하다. 사랑의 힘에 기인한 이런 연상의 확장은 하나의 비유법을 넘어 세계관이 된다.

● 여기서 '안다'로 번역한 프랑스어 단어는 'connaître'이다. 이 단어는 단순한 지각에서부터 지적 인식, 사람과의 사귐까지 두루 쓰이는데, 여기서는 '사물에 대한 인식'으로 쓰였다. 그래서 그 의미를 살려 '배움'으로 옮긴 번역들도 있다. 어린 왕자가 지구를 여행하는 목적은 친구들을 사귀고 세상 물정을 배우는 것이다. 이때 여우는 그 두 가지 모두에 길들이기 과정이 필요하다고 가르친다. 우리는 길들이는 사물들만 인식할 수 있다는 말이다.

를 길들여봐!"[•]

어린 왕자가 말했다.

"어떻게 하면 되지?"

여우가 대답했다.

"아주 인내심이 있어야 해. 처음엔 나한테서 좀 멀리, 이렇게, 풀밭에 앉아 있어. 난 곁눈질로 너를 볼게. 넌 아무 말도 하지 마. 말은 오해의 근원이니까. 하지만 날마다 조금씩 가까이 와서 앉으면 돼…."

이튿날 어린 왕자가 다시 왔다.

여우가 말했다.

"어제와 같은 시간에 왔더라면 더 좋았을 텐데. 예를 들어 네가 오후 네 시에 온다고 하면 난 세 시부터 행복해지기 시작하겠지. 시간이 갈수록 난 더 행복해질 거야. 네 시가 되면 벌써 난 들떠서 안절부절못하겠지. 그렇게 난 행복의 가치를 발견하게 될 거야. 하지만 네가 아무 때나 오면 난 몇 시에 마음의 옷을 입어야 할지 전혀 알 수 없게 되거든…. 그래서 의례가 필요해."

- 어린 왕자가 여우와 만나는 장면은 비행사가 어린 왕자와 만나는 장면과 닮았다. 어린 왕자가 갑자기 나타나서 양 그림을 그려달라고 했을 때 조종사는 심각하고 중요한 일을 하고 있다는 이유로 그 요구에 집중하지 못한다. 그러다가 양 그림을 두고 대화를 이어 가며 서로 알게 된다. 시간이 흐르면서 거리가 가까워진 것이다. 여기서는 어린 왕자가 자신을 길들여 달라는 여우에게 시간이 없다는 이유를 댄다.

네가 오후 네 시에 온다고 하면 난 세 시부터 행복해지기 시작하겠지.

어린 왕자가 말했다.

"의례가 뭐야?"

여우가 말했다.

"그것도 사람들이 너무나 잊고 있는 건데. 그건 어떤 하루를 다른 날과 다르게 만들고 어떤 시간을 다른 시간과 다르게 만드는 그런 거야. 예를 들어 나를 쫓는 사냥꾼들한테는 의례가 있어. 그 사냥꾼들은 목요일마다 마을 처녀들하고 춤을 추지. 그래서 목요일은 아주 멋진 날이야! 난 포도밭까지 산책을 나가거든. 만약 사냥꾼들이 아무 때나 춤을 춘다면 모든 날이 다 비슷할 테고, 그럼 내겐 휴일이 하루도 없을 거야."

그래서 어린 왕자는 여우를 길들였다. 그리고 떠날 시간이 다가오자 여우가 말했다….

"아이고! 눈물이 나려고 하네."

어린 왕자가 말했다.

"그건 네 잘못이야. 난 조금도 네 마음을 아프게 하고 싶지 않았어. 하지만 넌 내가 길들여주기를 바랐잖아…."

여우가 말했다.

"물론 그랬지."

어린 왕자가 말했다.

"그런데 넌 눈물이 날 것 같다며!"

여우가 말했다.

"당연하지."

어린 왕자가 말했다.°

"그럼 넌 얻은 게 아무것도 없잖아!"

여우가 말했다.

"난 얻은 게 있어. 밀밭 색깔이 있으니까."

그리고 덧붙여 말했다.

"가서 장미꽃들을 다시 봐. 네 장미꽃이 세상에서 유일한 존
재라는 걸 이해하게 될 거야.°° 그리고 다시 내게 돌아와서 작별
인사를 해. 그럼 네게 한 가지 비밀을 선물해줄게."

어린 왕자는 다시 장미꽃들을 보러 떠났다.

어린 왕자가 장미들에게 말했다.

"너희들은 내 장미와 하나도 닮지 않았어. 아직은 아무것도
아니야. 아무도 너희를 길들이지 않았고 너희가 길들인 사람도
아무도 없어. 너희들은 길들지 않았던 내 여우와 마찬가지야.

° 이 문장은 원문에는 없다. 작가가 대화에 긴박감을 주려 쓰지 않은 것인
지 단순한 누락인지는 알 수 없다. 이 책에서는 혼동을 피하기 위해 넣
었다.

°° 이 작품을 읽을 때는 '아는 것(connaître)'과 '이해하는 것(comprendre)'
의 차이를 제대로 파악하는 것이 중요하다. 프랑스어 원문에서는 두 동
사의 쓰임의 차이가 뚜렷하다. 대체로 사람들은 아는 것만을 가지고 이
해했다고 생각한다. 그러나 이해하는 것은 보이지 않는 것의 가치를 파
악할 때 가능하다. 달리 말하면 여우가 뒤에서 말하는 "마음으로 보아야
잘 보인다"는 것을 아는 것이 진정한 이해로서의 깨달음이다.

그때는 내 여우도 다른 십만 마리의 여우와 비슷한 여우일 뿐이었거든. 그런데 난 그런 여우를 내 친구로 만들었어. 그래서 이제는 세상에 하나밖에 없는 존재가 되었어."

그러자 장미들은 무척 거북해했다.

어린 왕자는 다시 장미들에게 말했다.

"너희들은 아름다워. 하지만 속이 텅 비어 있어. 누군가 너희들을 위해 목숨을 바치지는 않을 거야. 물론 그냥 지나가는 사람은 내 장미를 두고 너희와 닮았다고 생각하겠지. 하지만 한 송이 내 장미가 너희들 모두보다 더 중요해. 왜냐면 내가 물을 주고 키운 게 바로 그 장미니까. 유리 덮개 속에 넣어준 게 바로 그 장미니까. 바람막이로 막아준 게 바로 그 장미니까. 애벌레들을(나비가 될 두세 마리는 빼고) 잡아 없애준 게 바로 그 장미니까. 불평하거나 자랑하거나, 심지어 가끔 입을 다물어도, 내가 귀를 기울여준 게 바로 그 장미니까. 그게 바로 내 장미니까."

그리고 어린 왕자는 여우한테로 돌아왔다.

어린 왕자가 말했다.

"잘 있어…."

여우가 말했다.

"잘 가. 내가 주는 비밀은 이거야. 아주 간단해. 오로지 마음으로 보아야 잘 보인다는 거. 본질적인 것은 눈에 보이지 않는다는 거야."

어린 왕자는 기억하기 위해 따라서 말했다.

"본질적인 것은 눈에 보이지 않는다."

"네가 너의 장미를 위해 쏟은 바로 그 시간 때문에 그 장미가 그토록 소중해지는 거야."

"내가 나의 장미를 위해 쏟은 바로 그 시간 때문에…."

어린 왕자는 기억하기 위해 이렇게 말했다.

여우가 말했다.

"사람들은 이 진리를 잊어버렸어. 하지만 넌 잊으면 안 돼. 넌 네가 길들인 것에 대해 영원히 책임을 지는 거야. 너에겐 너의 장미에 대한 책임이 있어…."

"내겐 내 장미에 대한 책임이 있다…."

어린 왕자는 기억하기 위해 되뇌었다.

● 『어린 왕자』의 본문에서 가장 긴 21장은 이 작품이 전하고자 하는 주요 메시지를 담은 가장 중요한 장이기도 하다. 어린 왕자와 여우의 만남으로 구성된 이 장은 동물과 인간의 만남을 통해 인간의 어리석음을 깨우치는 전통적인 우화와 동일한 형식을 갖추고 있다. 특히 여우의 가르침이 명시적인 경구(警句)로 제시되고 실행 연습과 경구의 암기를 통해 어린 왕자를 훈련시키는 장면은 명료한 만큼 단순하다. 삶에서 의미 있는 존재는 길들이기를 통한 관계 만들기에서 생긴다는 것, 그 관계는 겉으로 보이는 것이 아니라 마음으로 보는 것이라는 것, 그리고 길들인 관계에 대해서는 책임을 져야 한다는 가르침이 다소 급하게 제시되고 있다. 관계의 심리학에서 비가시성의 형이상학, 책임의 윤리학으로 이어지는 가르침을 통해 미숙한 어린 왕자는 성숙해간다.

XXII

어린 왕자가 말했다.

"안녕!"

철로관제사가 말했다.

"안녕!"

어린 왕자가 말했다.

"여기서 뭐 해요?"

철로관제사가 말했다.

"승객들을 천 명씩 묶어 나누고 있어. 승객을 실은 열차를 오른쪽으로 보내기도 하고 왼쪽으로 보내기도 해."

그때 환하게 불을 밝힌 급행열차 한 대가 천둥처럼 우르릉거리며 선로 전환 관제실을 뒤흔들었다.

어린 왕자가 말했다.

"사람들이 아주 분주하네. 뭘 찾으러 가는 거야?"

철로관제사가 말했다.

"열차 기관사도 그건 몰라."

그때 반대 방향에서 환하게 불을 밝힌 두 번째 급행열차가 우르릉거렸다.

어린 왕자가 물었다.

"아까 그 사람들이 벌써 돌아오는 거야?…"

철로관제사가 말했다.

"같은 사람들이 아니야. 열차가 서로 교차하는 거야."

"저 사람들은 자기들이 있는 곳에서 만족하지 못했던 거야?"

철로관제사가 말했다.

"사람은 자기가 있는 곳에서 결코 만족하는 법이 없어."

그때 환하게 불을 밝힌 세 번째 급행열차의 천둥소리가 우르릉거렸다.

어린 왕자가 물었다.

"저 사람들은 맨 먼저 간 여행객들을 쫓아가는 거야?"

철로관제사가 말했다.

"저 사람들은 아무것도 쫓아가지 않아. 기차에서 잠을 자거나 아니면 하품이나 하지. 아이들만 유리창에 코를 박고 있고."

어린 왕자가 말했다.

"자기가 무엇을 찾고 있는지 아는 건 아이들뿐이야. 아이들은 헝겊 인형 하나에도 시간을 쏟고, 그러다 보면 그 인형이 아주 중요한 것이 되고, 그래서 누가 그걸 뺏으면 우는 거야…."

철로관제사가 말했다.

"아이들은 운이 좋구나."

XXIII

어린 왕자가 말했다.

"안녕하세요?"

"안녕!"

장사꾼이 말했다.

그는 갈증을 가라앉히는 최신 알약을 파는 약장수였다. 일주

일에 한 알만 삼키면 물을 마시고 싶지 않게 된다고 했다.

어린 왕자가 말했다.

"왜 그런 걸 팔아요?"

약장수가 말했다.

"시간을 크게 절약하는 거잖아. 전문가들이 계산을 해보았어. 일주일에 53분을 절약한대."

"그럼 그 53분을 가지고 뭘 하죠?"

"하고 싶은 걸 하는 거지….'

어린 왕자는 생각했다.

'만약 내게 마음대로 쓸 시간이 53분 있다면, 난 아주 천천히 샘을 향해 걸어갈 텐데….'*

　☆

● 　21장에서 여우의 인생 수업과 수련을 거친 어린 왕자가 이제 인생의 의미를 아는 존재가 되었음을 확인하는 장이 22장과 23장이다. 여우에게서 가르침을 받은 어린 왕자는 기차역에서 철로관제사가 하는 일을 관찰하며 정신없이 바쁘게 사는 인간들에 대해 듣는다. 그리고 다시 한번 자기가 무엇을 찾고 있는지 아는 어린 아이의 마음에 주목한다. 이어서 시간을 절약하는 약장수를 만난다. 시간 절약은 현대인의 강박관념과도 같다. 그러나 진정한 목적을 상실한 시간 절약이 무슨 의미가 있는가. 어린 왕자는 정신없이 바쁜 삶이나 단지 뭔가를 하기 위해 시간을 절약하는 삶보다는 진정한 삶의 가치를 추구하는 느린 삶을 살겠다고 말한다. 이 두 장은 어린 왕자의 삶에 대한 가치와 태도가 분명하게 확립되었음을 보여준다.

XXIV

사막에서 비행기가 고장 난 지 일주일째 되는 날이었다. 나는 남겨두었던 마지막 물 한 방울을 마시며 그 약장수 이야기를 들었던 것이다.

나는 어린 왕자에게 말했다.

"와! 네 경험담은 정말 멋지구나. 하지만 난 아직 비행기를 고치지 못했고 마실 물도 하나도 없어. 그러니 나도 샘물을 향해 아주 느긋이 걸어갈 수만 있다면 참 좋겠다!"

어린 왕자가 내게 말했다.

"내 친구 여우는…"

"꼬마 친구야, 지금 여우가 문제가 아니야!"

"왜?"

"왜냐면 목이 말라 죽게 되었으니까…."

어린 왕자는 나의 합리적인 설명*을 이해하지 못하고 내게 대답했다.

"우리가 곧 죽는다고 해도 친구가 생긴 건 좋은 일이야. 난 여우 친구가 있어서 정말 기뻐…."

나는 생각했다.

'얘는 위험이 뭔지를 잴 줄 모르는구나. 배고픔도 모르고 목마름도 몰라. 햇빛만 조금 있으면 충분해하고….'

그런데 어린 왕자가 나를 바라보더니 내 생각에 반응하여 답했다.

"나도 목이 말라…. 우물 찾으러 같이 가…."

나는 싫다는 몸짓을 했다. 드넓은 사막에서 되는대로 우물을 찾으러 가는 것은 말이 안 되는 일이다. 그렇지만 우리는 걷기 시작했다.

몇 시간을 묵묵히 걷고 나니 밤이 되었고 별들이 반짝이기 시

● 여기서 '합리적인 설명'으로 옮긴 프랑스어 단어 'raisonnement'에 조금 더 주목해야 한다. 글의 서두에서 작가는 어른의 이해력에 의문을 던지면서 어른들은 일상적인 일에만 관심을 두고 대화를 나눌 수 있을 때 "꽤 이성적인 사람(un homme aussi raisonnable)'을 알게 되었다고 생각한다고 썼다. 그리고 작가도 명석해(lucide) 보이는 사람을 만나면 보아뱀 그림을 가지고 질문을 던지며 시험을 해보았다. 그러나 그 그림에서 보이지 않는 것을 상상할 줄 아는 어른을 만나기는 어려웠다. 그런데 이 대목에서는 당장 마실 물이 없다는 현실적인 문제로 고민하는 합리적인 어른의 모습을 보이는 조종사와 '샘물을 찾아 느긋이 걸어가는 행복'을 말하는 어린 왕자가 대비되고 있다. 사실 작가는 이야기의 곳곳에서 이성(raison)을 원칙으로 사유하는 데카르트식 합리주의에 대한 비판을 내비치고 있다. 17세기 전반기를 산 철학자 데카르트는 이성에 기초한 명석 판명한 진리의 인식을 주장하였고 이후 프랑스를 위시한 유럽의 사상은 합리주의를 근간으로 전개되었다. 그러나 명석한 이성에 기초한 건조한 합리주의는 상상력이 부족하여 삶과 세계에 대한 이해에서는 빈곤하다고 작가는 진단한다.

작했다. 나는 갈증 때문에 미열이 나서 마치 꿈속에서 별들을 보는 듯했다. 어린 왕자가 한 말이 머릿속에서 춤을 췄다.

나는 어린 왕자에게 물어보았다.

"그러니까 너도 목이 마르다는 거니?"

하지만 어린 왕자는 내 물음에 대답하지 않았다. 다만 이렇게 말할 뿐이었다.

"물은 마음에도 좋을 거야⋯."

나는 어린 왕자의 대답을 이해하지 못했지만 입을 다물었다⋯. 그에게 캐물어서는 안 된다는 걸 나는 잘 알고 있었다.

어린 왕자는 지쳐서 주저앉았다. 나도 그 옆에 앉았다. 그런데 한동안 말이 없다가 어린 왕자가 또 이렇게 말했다.

"별들이 아름다운 건 눈에 보이지 않는 꽃 한 송이 때문이야⋯."

나는 "정말 그래."라고 답했다. 그리고 달빛을 받은 사막의 모래 주름을 말없이 바라보았다.

어린 왕자가 덧붙여 말했다.

"사막은 아름다워⋯."

- 어린 왕자는 궁금한 것에 대해 한번 묻기 시작하면 집요하게 끝까지 캐묻는다. 그리고 한 가지에 집중하면 다른 질문에는 대답을 안 할 때가 많다. 이런 특징은 사실 어린 왕자만의 특징이 아니라 대개의 어린이가 가진 성질이다. 어린이는 아직 일상적 의사소통에 익숙하지 못하고 자기만의 관심에 집중한다. 그런데 문제는 어린이가 던지는 질문을 어른들이 하찮게 취급하여 건성으로 넘긴다는 데 있다. 어린이의 호기심과 질문은 종종 인간의 삶과 세계에 대한 가장 핵심적인 문제와 관련되어 있다.

그건 사실이었다. 나는 늘 사막을 사랑했다. 모래언덕에 앉는다. 아무것도 보이지 않는다. 아무 소리도 들리지 않는다. 그렇지만 무언가 침묵 속에서 빛나고 있다….

어린 왕자가 말했다.

"사막이 아름답게 보이는 건 어딘가에 우물을 감추고 있기 때문이야…."

나는 사막이 그렇게 신비롭게 빛나는 까닭을 문득 깨닫고 깜짝 놀랐다. 어린 소년이었던 시절 나는 오래된 집에 살고 있었는데, 전해 오는 이야기로는 그 집에 보물이 묻혀 있다고 했다. 물론 아무도 그 보물을 찾아낼 수는 없었는데, 어쩌면 찾아보려 하지도 않았을 것이다. 하지만 그 보물이 집 전체에 마법을 걸고 있었다. 우리 집은 마음 깊은 곳에 비밀을 감추고 있었던 것이다….

나는 어린 왕자에게 말했다.

"그래 맞아…. 집이든 별이든 사막이든 그걸 아름답게 만들어주는 건 눈에 보이지 않아!"

어린 왕자가 말했다.

"아저씨가 내 친구 여우랑 생각이 같아서 기뻐."*

---

* 21장에서 어린 왕자의 인생 수업이 이루어졌다면 24장에서는 비행사의 깨달음이 이루어지고 있다. 여기서 요점은 길들이기를 통한 관계 만들기를 넘어 그것을 비가시성의 신비로 이해하는 것이다. 그 신비의 가르침은 여우에게서 어린 왕자로 이어지고 다시 조종사에게로 이어진다.

어린 왕자가 잠이 들자 나는 그를 품에 안고 다시 길을 떠났다. 가슴이 벅차올랐다. 깨지기 쉬운 보물을 안고 가는 느낌이었다. 지구상에 그보다 더 연약한 것은 아무것도 없을 것 같았다. 나는 달빛을 받으며 그 창백한 이마와 감은 두 눈, 바람에 흩날리는 머리칼을 보고 있었다. 그리고 '지금 내 눈에 보이는 건 껍데기일 뿐이야. 가장 중요한 것은 눈에 보이지 않아….'라고 생각하고 있었다.

살짝 벌어진 어린 왕자의 입술에 엷은 미소가 어려 있었으므로 나는 또 생각했다. '잠이 든 이 어린 왕자가 이토록 강하게 나를 감동시키는 까닭은 꽃 한 송이에 대한 이 아이의 변함 없는 사랑 때문이야. 잠을 자고 있을 때조차 한 송이 장미의 모습이 등불처럼 이 아이의 마음속에서 빛나고 있기 때문이야….' 그래서 나는 그가 더욱 부서지기 쉬운 존재로 느껴졌다. 등불을 잘 지켜야겠다. 한 줄기 바람에도 꺼질 수 있으니까….

그리하여 나는 그렇게 걸어가다가 동이 틀 무렵에 그 우물을 발견했다.

XXV

어린 왕자가 말했다.

"사람들은 급행열차에 서둘러 몸을 싣지만 자기들이 무얼 찾고 있는지는 몰라. 그러니까 안절부절못해서 빙빙 맴돌고 있는 거야…."

그리고 덧붙여 말했다.

"그렇게 애쓸 게 없는데…."

우리가 도착한 우물은 사하라 사막의 우물 같지 않았다. 사하라 사막의 우물들은 모래 속을 파낸 구멍들일 뿐이다. 그런데 이 우물은 사람이 사는 마을에 있는 우물 같았다. 하지만 거기에는 아무 마을도 없었으므로 나는 꿈을 꾸고 있는 것 같았다.•

• 사람이 사는 마을의 우물과 똑같이 생긴 우물이 있는 공간, 이 공간은 이미 비현실적 공간이다. 그 우물은 사하라 사막의 우물과 같지 않다. 이 환상적 공간에서 어린 왕자와 조종사는 그 환상의 우물을 떠서 마신다. 사하라 사막의 우물물은 조종사의 물통에 담긴 물과 마찬가지로 단지 육신의 목숨을 보존해 주는 기능적 물질에 그친다. 그런데 어린 왕자

나는 어린 왕자에게 말했다.

"이상한데. 도르래랑 두레박이랑 밧줄이랑 다 있어…."

어린 왕자는 웃으며 밧줄을 만져보고 도르래를 돌려보았다. 바람이 오래 멈췄다가 불 때면 낡은 풍향계가 삐걱거리는 것처럼 도르래에서 삐걱거리는 소리가 났다.

어린 왕자가 말했다.

"들어봐, 이 소리 들리지…. 우리가 이 우물을 잠에서 깨우고 있어. 그래서 우물이 노래하는 거야…."

나는 어린 왕자가 힘을 쓰는 걸 바라지 않았다. 그래서 말했다.

"내가 할게. 너한테는 너무 무거워."

나는 우물을 두른 돌까지 두레박을 천천히 들어 올렸다. 그리고 거기에 바르게 세워 놓았다. 내 귓속으로는 도르래의 노랫소리가 계속 들려왔고, 아직도 출렁이고 있는 물에서 햇빛이 흔들리는 것이 보였다.

어린 왕자가 말했다.

"난 바로 이 물을 마시고 싶어. 물 좀 줘…."

나는 어린 왕자가 무엇을 찾고 있었는지 깨달았다!

가 찾아간 우물은 사람이 사는 마을의 우물이다. 그것은 인간 세상에서 사람들이 서로를 지키기 위해 만든 사랑의 우물이다. 인간 사이의 유대에 관해 작가는 『인간의 대지』의 서문에서 "서로 만나려고 시도해야 한다. 들판 여기저기 밀려서 타오르는 저 불꽃들과 소통하려고 애써야 한다."라고 썼다.

어린 왕자는 웃으며 밧줄을 만져보고 도르래를 돌려보았다.

나는 두레박을 어린 왕자의 입술까지 들어 올렸다. 어린 왕자는 눈을 감고 물을 마셨다. 물은 무슨 축제처럼 달콤했다. 그 물은 보통 마시는 물과 전혀 다른 것이었다. 그 물은 별빛을 받으며 걸어간 데서, 도르래의 노래에서, 내 두 팔의 노동에서 생겨난 것이었다. 그것은 마치 선물처럼 마음에 좋은 것이었다.˙ 내가 어린 소년이었을 때는 크리스마스트리의 불빛과, 자정 미사의 음악 소리, 따뜻한 웃음 들이 어우러져 내가 받는 성탄절 선물에 그렇게 온갖 광채를 만들어주곤 했었다.

어린 왕자가 말했다.

"아저씨네 별에 사는 사람들은 정원 하나에 장미를 오천 송이나 키우더라…. 그런데 자기들이 찾는 것을 발견하지는 못해…."

나는 대답했다.

"그걸 찾아내지는 못하고 있지…."

어린 왕자가 말했다.

"그렇지만 그 사람들이 찾는 것은 장미꽃 한 송이나 물 한 모

• 비행사가 어린 왕자와 우물을 찾아가는 이 장면은 『인간의 대지』에서 동료 프레보와 사하라 사막에 불시착하여 사막을 가로질러 걷다가 베두인족을 만나 물을 얻어 마시는 장면과 비슷하다. 생텍쥐페리는 거기서 물에 대해 다음과 같이 썼다. "물! 물, 너는 맛도 빛깔도 향기도 없어서 정의할 수는 없다. 사람들은 너를 알지 못한 채 맛본다. 너는 생명에 필요한 것이 아니라 생명 자체이다. 너는 감각으로는 설명할 수 없는 기쁨으로 우리 속으로 파고든다. 우리가 포기했던 모든 능력들이 너와 더불어 되살아난다. 네 덕에 우리 가슴 속에서 말라버렸던 모든 샘들이 다시 솟아난다."

금에서도 찾아낼 수 있어….”

나는 대답했다.

“물론이지.”

그러자 어린 왕자가 덧붙여 말했다.

“하지만 눈으로는 볼 수 없어. 마음으로 찾아야 해.”

나도 물을 마신 뒤였다. 숨쉬기가 한결 쉬웠다. 동틀 무렵의 사막은 꿀 빛깔이다. 나는 그 꿀 빛깔에서도 행복을 느꼈다. 무엇 때문에 괴로워해야 한단 말인가….

어린 왕자가 나직이 말했다.

“아저씨는 약속을 꼭 지켜줘.”

그러고는 다시 내 곁에 와서 앉았다.

“무슨 약속?”

“알잖아…. 내 양한테 줄 부리망…. 난 그 꽃에게 책임이 있거든!”

나는 스케치한 그림들을 호주머니에서 꺼냈다. 어린 왕자가 그걸 알아보고는 웃으면서 말했다.

“아저씨가 그린 바오밥나무들은 조금 양배추 비슷하네….”

“아, 그래?”

작가에게 황금빛은 가장 행복한 빛깔이다. 이 황금빛은 어린 왕자의 머리칼의 황금빛, 어린 왕자가 슬플 때 위로를 주던 저녁놀, 바람에 일렁이는 밀밭, 동틀 무렵 사막의 꿀 빛깔로 이어진다.

사실 나는 그 바오밥나무 그림들을 아주 자랑스러워하고 있었던 것이다!

"여우는… 귀가… 무슨 뿔 같아…. 너무 길쭉하고!"

그리고 어린 왕자가 또 웃었다.

"이 꼬마 친구야, 너무하는구나. 난 속이 안 보이는 보아뱀이랑 속이 보이는 보아뱀밖에는 그릴 줄 아는 게 없었잖아."

어린 왕자가 말했다.

"아, 괜찮을 거야. 아이들은 알아보니까."

그래서 나는 부리망 하나를 연필로 그렸다. 그리고 마음을 졸이며 어린 왕자에게 주었다.

"너에겐 내가 모르는 계획이 있는 것 같구나…."

하지만 어린 왕자는 대답하지 않았다. 어린 왕자가 말했다.

• 이 부분의 시점은 독특하다. 비행사는 어린 왕자가 들려준 여우 이야기를 전해 들은 것으로 설정되어 있는데 이 말을 보면 그가 여우 그림을 그려놓고 있다. 나아가 이 책의 삽화를 어린 왕자가 보고 말하고 있는 설정이다. 이야기의 끝에 이르러 어린 왕자와 조종사는 이제까지 전개된 이야기에서 빠져나와 이 책 전체를 되돌아보고 있다.

생텍쥐페리가 그린 귀가 길쭉한 여우는 유럽의 여우와는 조금 다르다. 그것은 사막여우와 닮았다. 작가는 1928년에 북아프리카 쥐비 사막에 불시착하여 두어 달 동안 포로 생활을 한 적이 있는데 그때 누이동생에게 보낸 편지에서 귀가 큰 사막여우의 머리 모양을 그리고 다음과 같이 쓰고 있다. "나는 페넥여우라 하기도 하고 사막여우라고 부르기도 하는 여우 한 마리를 키우고 있어. 고양이보다 작은데 귀는 엄청나게 커. 아주 귀여워. 그런데 불행하게도 이놈은 맹수처럼 거칠고 울음소리는 사자 같아." 여우에 대한 이런 관찰은 『인간의 대지』 7장에도 나온다.

"알잖아…. 내가 지구에 낙하했다는 건…. 내일이면 일 년째야…."

그리고 잠시 침묵한 뒤에, 다시 말을 이었다.

"바로 이 근처에 떨어졌었어…."

그러곤 얼굴이 붉어졌다.

그러자 나는 다시 까닭 모르게 이상한 슬픔을 느꼈다. 그러면서 한 가지 의문이 떠올랐다.

"그러면 일주일 전 내가 너를 알게 된 그날 아침에, 사람들이 사는 모든 고장에서 천 마일이나 떨어진 데서 그렇게 혼자 걷고 있었던 건 우연이 아니네! 낙하한 곳으로 돌아가고 있던 거였어?"

어린 왕자의 얼굴이 다시 붉어졌다.

나는 주저하며 덧붙여 말했다.

"혹시 일 년째 되는 날이어서?…"

다시 어린 왕자의 얼굴이 붉어졌다. 어린 왕자는 결코 물음에 대답을 하는 일이 없었다. 하지만 얼굴이 붉어질 때는 '그렇다'는 뜻이 아닌가?

나는 어린 왕자에게 말했다.

"아! 난 무섭다…."

그런데 어린 왕자는 이렇게 대답하는 것이었다.

"이제 아저씨는 일을 해야 돼. 비행기가 있는 쪽으로 돌아가도록 해. 난 여기서 기다릴게. 내일 저녁에 다시 와…."

하지만 나는 안심이 되지 않았다. 여우의 말이 생각났다. 누
군가에게 길들여지면 조금 울게 될지도 모른다….'

---

* 이 작품에서 말하는 '길들이기'를 우리의 언어문화로 옮기면 '정들기'가
적절할 것이다. 정이 든다는 것은 감정적 공감이 내면화된다는 말이다.
그것은 서로에게 쏟는 시간과 정성으로 만들어진다. 그러니 정이 들면
이별할 때 눈물이 나는 것이다.

XXVI

우물가에는 오래된 돌담의 잔해가 있었다. 이튿날 저녁, 수리 작업을 마치고 돌아오다가 멀리서 보았더니 그 돌담 위에 나의 어린 왕자˙가 걸터앉아 있었다. 그리고 그가 이렇게 말하는 소리가 들렸다.

• 비행사에게 어린 왕자는 이제 자신의 분신과 같다. 그런 일체감을 느끼는 표현으로, 그냥 '어린 왕자'가 아니라 '나의 어린 왕자'라는 말이 여기에서 비로소 나타난다. 생텍쥐페리가 이전 작품에서 어린 왕자에 대해 말한 곳을 찾기는 쉽지 않다. 그런데 『인간의 대지』의 끝부분에서 작가는 열차 여행 중에 보게 된 폴란드 노동자들의 피폐한 모습에서 인간의 존엄성 상실을 목격하고 안타까워한다. 그리고 인생의 고난에 일그러지기 이전의 순수한 어린이에 대한 예찬을 표현한다. "여기 음악가의 얼굴이 있다. 여기 아기 모차르트가 있다. 여기 아름다운 생의 약속이 있다. 전설에 나오는 어린 왕자들도 이 아이와 다를 바가 없다. 보호하고, 보살피고, 잘 가르친다면, 이 아이가 되지 못할 것이 무엇이랴!" 그러고 보면 여기에 나타난 어린이에 대한 관심이 『어린 왕자』로 이어졌다고 볼 수 있다. 작가는 인간 각자의 내면에 있는 "살해당한 모차르트"를 보는 것이 괴롭다고 쓴다. 그리고 다음의 말로 끝을 맺는다. "오로지 정신의 바람이 진흙 위로 불 때만 인간이 창조된다."

"그러니까 넌 기억이 안 난다는 거야? 이곳은 전혀 아니야!"

분명히 어떤 다른 목소리가 어린 왕자에게 대답을 한 것 같았다. 어린 왕자가 이렇게 대꾸했기 때문이다.

"그래, 그래! 바로 오늘이야. 하지만 여기가 아니야…."

나는 돌담 쪽으로 계속 걸어갔다. 여전히 아무도 보이지 않았고 아무 목소리도 들리지 않았다. 그렇지만 어린 왕자는 다시 응답하는 것이었다.

"… 물론이지. 모래 위의 내 발자국이 어디서 시작되는지 보게 될 거야.[●] 거기서 나를 기다리기만 하면 왜. 오늘 밤 난 거기 있을 거야."

나는 돌담에서 20미터 거리에 있었는데 여전히 아무것도 보이지 않았다.

잠시 침묵을 지키다가 어린 왕자가 다시 말을 이었다.

"네가 가진 독은 잘 듣는 거니? 나를 오래 아프게 하지 않는다는 게 확실한 거니?"

나는 마음을 졸이며 걸음을 멈추었다. 하지만 여전히 무슨 일인지 이해하지 못하고 있었다.

● 이 말은 의미가 묘하다. 어린 왕자는 일 년 전 지구에 낙하했을 때 남긴 발자국이 있는 곳으로 되돌아가고 있지만 정작 하는 말은 '발자국이 시작되는 곳'이다. 일주년이라는 말이 함축하듯이 이 말은 결국 시작과 끝, 도착과 출발이 일치하는 순환에 대해 말하고 있다. 뒤로 가면 더 나아가 삶과 죽음의 순환성을 암시한다.

어린 왕자가 말했다.

"이젠 저리 가…. 난 내려가고 싶어!"

그래서 나도 돌담 아래쪽을 내려다보았다. 그리고 놀라서 펄
쩍 뛰었다! 거기에는 황색 뱀 한 마리가 어린 왕자를 향해 몸을
곧추세우고 있었다. 여러분을 30초 안에 죽일 수 있는 그런 뱀
이었다. 나는 권총을 꺼내려 호주머니를 뒤지면서 달려들었지
만 내가 낸 발소리에 뱀은 마치 사그라지는 분수처럼 슬그머니
모래 속으로 미끄러져 들어가더니 그다지 서두르지도 않고 가
벼운 쇳소리를 내면서 바위틈으로 사라져버렸다.

나는 아슬아슬하게 제때 돌담에 다다랐고, 하얀 눈처럼 창백
해진 나의 작은 어린 왕자를 두 팔로 안았다.

"이게 다 무슨 말이니! 이제는 뱀하고도 말을 하는 거야!"

나는 어린 왕자가 항상 두르고 다니는 황금빛 목도리를 풀어
주었다. 이마를 물로 적셔주고 물을 마시게 했다. 이제는 그에

• 이 문장은 『어린 왕자』에서 실질적으로 가장 긴 문장이다. 한 장면에서
연속되는 동작들을 차례로 이어붙이며 서술한 이 문장은 이제 동화의
문장이 아니라 소설의 문장이다. 어린 왕자의 추억담은 동화 형식으로
쓰인 반면 24장에서 26장에 이르는 부분은 시공간과 사건, 대화의 서술
에서 완연히 소설의 양상을 보여준다. 어떤 조종사가 어린 왕자라는 비
현실적 존재와 사막이라는 특별한 장소에서 만나 사막의 우물이 아니라
폐허가 된 마을의 우물을 찾아가고 그 우물의 물을 마시며 사랑과 행복
의 마음을 깨닫자마자 어린 왕자가 세상에서 사라지는 이야기로 전개된
이 소설은 환상소설의 한 전형을 보여준다.

143

"이젠 저리 가…. 난 내려가고 싶어!"

게 어떤 말도 물을 엄두가 나지 않았다. 그는 무겁게 나를 쳐다보더니 두 팔로 내 목을 껴안았다. 마치 사냥총에 맞아 죽어가는 새처럼 그의 심장이 팔딱거리는 것이 느껴졌다. 어린 왕자가 내게 말했다.

"아저씨가 기계에서 고장난 데를 찾아내서 난 기뻐. 아저씨가 집으로 돌아갈 수 있으니까…."

"그걸 어떻게 알았어?"

정말로 뜻밖에도 수리에 성공했다고 마침 어린 왕자에게 알려주러 오던 참이었던 것이다!

어린 왕자는 내 물음에 아무 대답도 하지 않았다. 하지만 또 덧붙여 말했다.

"나도 오늘 내 별로 돌아갈 거야…."

이어서 침울하게 말했다.

"거긴 훨씬 더 멀어…. 훨씬 더 가기 어렵고…."

나는 분명 무언가 심상치 않은 일이 일어나고 있음을 직감했다. 어린 왕자를 어린 아기처럼 내 품에 안고 있었지만, 그러는 동안에도 그를 붙잡기 위해 할 수 있는 일은 아무것도 없었고 그는 심연 속으로 수직으로 떨어지고 있는 것 같았다….

아주 먼 곳을 멍하니 바라보는 그의 눈빛은 심각했다.

"내겐 아저씨가 그려준 양이 있어. 양을 넣을 상자도 있고. 또 부리망도 있고…."

그리고 어린 왕자는 서글픈 미소를 지었다.

나는 한참을 기다렸다. 그가 조금씩 온기를 되찾는 것이 느껴졌다.

"꼬마 친구야, 무서웠구나….."

당연히 무섭지 않았겠는가! 하지만 어린 왕자는 살짝 웃었다.

"오늘 저녁엔 훨씬 더 무서울 거야….."

다시 나는 무언가 돌이킬 수 없는 일이 일어나고 있다는 느낌에 몸이 얼어붙는 것 같았다. 그리고 어린 왕자의 그 웃음소리를 더 이상 듣지 못한다는 생각만으로도 견딜 수가 없다는 것을 깨달았다. 그 웃음소리는 내게 사막의 샘물과도 같았다.

"꼬마 친구야, 난 네가 웃는 소리를 다시 듣고 싶다….."

하지만 어린 왕자가 말했다.

"오늘 밤이면 일 년이 돼. 내가 작년에 떨어졌던 바로 그 자리 위에 내 별이 뜰 거야….."

"꼬마 친구야, 뱀이니 뱀을 만날 약속이니 별이니 하는 그런 이야기는 악몽을 꾼 게 아닐까….."

하지만 어린 왕자는 나의 물음에 대답하지 않았다. 그가 말했다.

"중요한 것은 눈에 보이지 않아….."

"물론 그렇지….."

"꽃도 마찬가지야. 아저씨가 어느 별에 있는 꽃 한 송이를 사랑하게 되면, 밤에 하늘을 바라보는 것이 감미로울거야. 별마다 모두 꽃이 피어 있으니까."

"물론 그렇지….."

146

"물도 마찬가지야. 아저씨가 내게 마시라고 준 물은 음악과 같았어. 도르래와 밧줄이 내는 소리 때문에…. 기억나지…. 그 물맛이 좋았어."

"물론 그렇지…."

"밤이 되면 별들을 쳐다보도록 해. 내 별이 어디에 있는지 아저씨에게 보여주기에는 너무 작아. 하지만 차라리 그게 잘된 일이야. 아저씨한테 내 별은 여러 별 중에 하나일 거야. 그러면 아저씨는 어느 별이든 다 바라보는 걸 좋아하게 될 거야…. 별들이 모두 아저씨 친구가 되겠지. 그러면 내가 선물을 하나 줄게…."

어린 왕자가 다시 웃었다.

"아아! 꼬마 친구야, 꼬마 친구야, 난 그 웃음소리를 듣는 게 좋아!"

"바로 그게 내 선물이 될 거야…. 그건 물과 마찬가지일 거야."

"무슨 말이지?"

"사람들이 가지고 있는 별들은 똑같지가 않아. 여행을 하는 사람들에게는 별이 길잡이인데 다른 사람들한테는 작은 불빛들에 불과해. 학자들한테는 해결해야 할 문젯거리고. 내가 만난 사업가한테는 황금이고. 하지만 그런 별들은 모두 입을 다물고 있어. 아저씨는, 그러니까 아무도 갖지 않은 별들을 갖게 되는 거야…."

"무슨 말이지?"

"아저씨가 밤에 하늘을 쳐다보면, 난 그 별들 중 어느 하나에 살고 있을 테니까, 그리고 그 별들 중 어느 하나에서 웃고 있을 테니까, 그러면 아저씨에겐 모든 별들이 다 웃고 있는 것과 마찬가지일 거야. 아저씨는 웃을 줄 아는 별들을 갖게 되는 거야!"●

그리고 어린 왕자는 다시 웃었다.

"그리고 슬픔이 가라앉으면(슬픔은 언제나 가라앉게 마련이니까) 아저씨는 나를 알게 된 것을 기쁘게 생각할 거야. 아저씨는 언제까지나 내 친구일 테니까. 그리고 나와 함께 웃고 싶은 마음이 들 거야. 그러면 이렇게 재미로 가끔 창문을 열면 돼⋯. 그러면 아저씨 친구들은 아저씨가 하늘을 쳐다보며 웃는 걸 보고는 무척 놀라겠지. 그때 아저씬 이렇게 말하면 돼. '그래, 별들 때문

● 진정한 인간관계를 만든다는 의미로서의 '길들이기'는 쉽게 이해된다. 길들이기는 개별자로서의 인간 사이에서 서로 특별한, 즉 세상에서 유일한 존재가 되는 방법이다. 그런데 어린 왕자는 여우의 가르침을 넘어 보이지 않는 것에 대한 사랑으로 인해 보이는 것에 대한 보편적인 사랑에 도달하는 깨우침을 말한다. 이 과정은 변증법이다. 즉 눈에 보이는 것보다는 보이지 않는 것이 중요하다. 그래서 일차적으로는 눈에 보이는 것이 부정된다. 그러나 눈에 보이지 않는 것은 특정한 어디에 있다고 말할 수 없고 결국 모든 것에 편재한다고 보아야 하므로 처음에 부정되었던 가시적인 것을 사랑해야 하는 것이다. 의미 없는 껍데기로 부정되었던 외관은 보이지 않는 것을 감싼 보편의 기호가 된다. 하늘에 뜬 별들 중에 어느 하나가 우리를 행복하게 하는 것 같지만, 그 별이 어디에 있는지 특정할 수 없으므로 모든 별이 아름답게 보이는 것이다. 작가는 「어느 인질에게 보내는 편지」에서는 이렇게 썼다. "본질적인 것은 거의 언제나 아무 무게가 없다. 그때 본질적인 것은 외견상으로는 한줄기 미소일 뿐이었다. 그런데 종종 하나의 미소가 본질적인 것이 된다. 사람은 미소를 통해 보상받는다. 미소를 통해 보답받는다. 미소를 통해 활기를 얻는다."

148

에 난 항상 웃음이 나!' 그러면 친구들은 아저씨가 이상하다고 생각하겠지. 내가 아저씨한테 고약한 장난을 친 게 되는 셈인데….”

그리고 어린 왕자는 다시 웃었다.

“그건 마치 별이 아니라 웃음소리가 나는 작은 방울들을 아저씨한테 잔뜩 준 것과 똑같을 거야….”

그리고 다시 웃었다. 그다음엔 다시 심각해졌다.

“오늘 밤엔… 알잖아…. 오지 마.”

“난 네 곁을 떠나지 않을 거야.”

“난 아파 보일 거야…. 조금은 죽어가는 모습일 거야. 그럴 거

라고. 그건 보러 오지 마. 그럴 필요는 없어."

"난 네 곁을 떠나지 않을 거야."

그런데 어린 왕자는 근심이 가득했다.

"내가 이 말을 하는 건… 그 뱀 때문이기도 해. 뱀이 아저씨를 물면 안 되잖아…. 뱀들은 아주 고약해. 장난으로 물 수도 있어…."

"난 네 곁을 떠나지 않을 거야."

그런데 어떤 생각에 그는 안심하는 것 같았다.

"하긴 뱀들은 두 번째 물 때는 독이 없지…."

그날 밤 나는 어린 왕자가 길을 나서는 걸 보지 못했다. 어린 왕자는 소리 없이 떠나버렸다.* 다시 따라잡았을 때 그는 빠른 걸음으로 단호하게 걷고 있었다. 그리고 단지 이렇게 말할 뿐이었다.

---

* 어린 왕자와의 이별은 이 작품에서 가장 가슴 아픈 장면이다. 특히 죽음을 통한 이별이기에 그렇다. 그런데 그 전에 어린 왕자가 보이는 독특한 성향도 있다. 그것은 밀착된 관계에서 벗어나려는 도피 성향이다. 어린 왕자는 장미와 살던 행성에서 달아나 버렸듯이 지구에서도 1년을 보낸 뒤에는 자기 별로 돌아간다는 이유로, 하지만 죽음의 형식으로 떠난다. 프랑스어 원문에서는 더욱 명확하게 그런 행동들이 도피나 탈주로 표현된다. '떠나버리다'로 번역한 프랑스어 단어 's'évader'는 본래 '눈에 띄지 않게 달아나버린다'는 의미다. 이것의 명사형은 'évasion'인데 이 단어는 어린 왕자가 자기 별에서 빠져나오는 상황을 가리킬 때 쓰였다. 그는 사랑하는 친구를 간절히 원하지만 정작 관계를 맺은 이후에는 벗어나려 한다. 이런 성향의 이유를 작가의 유년시절에 엄마와의 애착 관계가 불안정하게 형성된 데서 찾는 연구들도 있다. 작가가 아내 콘수엘로와의 관계에서 보인 모습도 이와 비슷해서 그는 아내 곁에 머물기보다는 이런저런 이유로 자꾸만 떠났다.

"어! 아저씨 왔네."

그러고는 내 손을 잡았다. 하지만 어린 왕자는 다시 괴로워했다.

"여기에 온 건 아저씨 잘못이야. 마음이 아플 텐데. 난 죽은 것처럼 보이겠지만 그게 진실은 아닐 거야."

나는 입을 다물고 있었다.

"아저씨는 이해하잖아. 그곳은 너무 멀어. 이 몸을 가지고 갈 수는 없어. 너무 무거워."

나는 입을 다물고 있었다.

"하지만 그건 버려진 낡은 껍데기 같을 거야. 낡은 껍데기는 슬픈 것도 아니고…."

나는 입을 다물고 있었다.

어린 왕자는 조금 기운을 잃었다. 하지만 다시 한번 애써 힘을 냈다.

"있잖아, 그건 멋진 일이 될 거야. 나도 별들을 바라볼게. 모

어린 왕자와 헤어지는 마지막 장면은 어린 왕자의 말과 조종사의 침묵 사이의 대화다. 어린 왕자는 말을 하고 조종사는 말없이 듣기만 한다. 이런 침묵의 대화가 가능한 것은 조종사가 어린 왕자를 이해하기 때문이다. 이 마지막 부분은 앞에서 나온 내용들을 반복하고 있다. 눈에 보이는 것은 껍데기일 뿐이라는 생각은 앞에서 조종사의 말로 먼저 제시되었다. 그 말이 나중에 어린 왕자의 말로 다시 나온 것이니까 이미 둘의 생각은 하나로 이어져 있었던 것이다.

든 별이 저마다 녹슨 도르래가 달린 우물이 될 거야. 그러면 모든 별이 다 내게 마실 물을 부어줄 거고….”

나는 입을 다물고 있었다.

“그건 정말 재밌을 거야! 아저씨는 오억 개의 방울을 가지게 되고, 나는 오억 개의 샘물을 가지게 되고….”

그러고는 어린 왕자도 입을 다물었다. 울고 있었기 때문이다….

“여기야. 나 혼자서 한 걸음 내딛게 놔줘.”

그리고 어린 왕자는 주저앉았다. 겁이 났기 때문이다. 그리고 다시 말했다.

“아저씨, 있잖아…. 내 꽃 말인데…. 난 그 꽃에 대해 책임이

있어! 그리고 그 꽃은 정말로 연약해! 정말로 순진하고. 세상에
맞서 자신을 지킬 것이라고는 보잘것없는 가시 네 개밖에 가진
게 없어….">

나도 더 이상 서 있을 수가 없어서 주저앉았다. 어린 왕자가
말했다.

"자… 다 끝났어…."

어린 왕자는 조금 더 망설이더니 다시 몸을 일으켰다. 그리고
한 걸음을 내디뎠다. 나는 꼼짝도 할 수 없었다.

어린 왕자의 발목께서 노란 섬광이 번쩍했을 뿐이었다. 한순
간 어린 왕자는 움직임이 없이 서 있었다. 비명을 지르지도 않
았다. 나무 한 그루가 쓰러지듯 서서히 쓰러졌다. 모래사막이어
서 소리도 나지 않았다.

• 어린 왕자는 장미가 자신을 길들였다고 여우에게 고백했다. 그리고 여우
의 가르침에 따라 정원의 장미들에게 가서 자신이 한 송이의 특별한 꽃
을 어떻게 길들였는지 고백한다. 그러니까 어린 왕자와 장미 사이의 길들
이기가 상호적 관계로 이루어졌음이 드러난다. 그런데 길들이기 이후의
책임의 문제와 관련하여 장미에 대한 어린 왕자의 책임은 반복되어 강조
되는 데 반해 어린 왕자에 대한 장미의 책임에 대한 언급은 나오지 않는
다. 이에 대해서 어린 왕자는 책임감이 지나쳐 죄의식에 빠져 있고 그런
이유로 죽음을 자청하여 자신의 별로 돌아간 것이라고 보는 다소 황당
한 심리분석적 해석도 있다. 그러나 책임감의 원천은 도덕 감정보다 먼저
사랑에 있다. 사랑하는 존재에 대해, 특히 서로 간의 길들이기를 통해 애
정을 공유한 관계에서 책임감은 자연스러운 감정의 발로이다. 사랑하는
존재에 대한 감정은 심리적 방정식 너머에서 따뜻하게 느껴지는 것이다.

어린 왕자는 한 그루 나무가 쓰러지는 것처럼 서서히 쓰러졌다.

XXVII

그러니까 지금으로서는 물론 벌써 6년이나 지난 일인데… 나는 이 이야기를 아직까지 한번도 해본 적이 없다. 다시 만난 동료들은 내가 살아 돌아온 것을 보고 아주 기뻐했다. 나는 마음이 슬펐지만, 동료들에게는 "몸이 지쳐서 그래…."라고 말하곤 했다.

지금은 슬픔이 조금 가라앉았다. 그러니까 그 말은… 완전히 그렇다는 건 아니다. 하지만 나는 어린 왕자가 자기 별로 돌아갔다는 걸 안다. 왜냐면 해가 떴을 때 어린 왕자의 몸을 찾지 못했기 때문이다. 그다지 무거운 몸이 아니었는데…. 그리고 나는 밤이면 별들의 소리에 귀를 기울이는 걸 좋아한다. 그건 마치 오억 개의 방울들 같다….

그런데 지금 뭔가 놀라운 일이 일어나고 있다.* 어린 왕자를 위

---

*   앞서 여우는 어린 왕자에게 "네가 나를 길들이면 놀라운 일이 일어날 거야."라고 말했다. 여우가 말한 놀라운 일, 경이로운 일이란 어떤 존재에게 길들여지면 그와 연관된 세계가 완전히 다른 모습으로 보인다는 것이다. 어린 왕자가 떠난 뒤에 비행사에게도 길들이기의 기적이 일어나고 있다.

해 그려준 부리망 말인데, 거기에 가죽끈을 단다는 걸 깜박했다! 어린 왕자는 끝내 양에게 부리망을 매주지 못했을 것이다! 그래서 나는 궁금해진다. '어린 왕자의 별에서는 무슨 일이 일어났을까? 혹시 양이 꽃을 먹어버린 것은 아닐까….'

때로는 이렇게 생각한다. '그럴 리는 없어! 밤마다 어린 왕자가 꽃에게 유리 덮개를 씌워주고 양을 잘 감시하고 있겠지….' 그렇게 생각하면 나는 행복해진다. 그리고 모든 별들이 부드럽게 웃는 게 보인다.

또 때로는 이렇게도 생각한다. '누구나 한두 번은 방심하기도 하는 법인데, 그러면 그걸로 끝장이야! 어느 날 저녁 어린 왕자가 유리 덮개 씌우는 걸 잊어버렸거나 밤중에 양이 소리 없이 밖으로 나가기라도 했다면….' 그렇게 생각하면 그 작은 방울들이 모두 눈물방울로 변한다!…

이건 정말로 커다란 신비로움이다. 어린 왕자를 사랑하는 여러분에게나 나에게나, 우리가 알지 못하는 미지의 어떤 곳에서 우리가 모르는 한 마리 양이 장미꽃 한 송이를 먹어버렸느냐 아

그는 그 변화를 조금은 조심스럽게 '무언가 보통과는 다른 일'이라고 느낀다. 이것이 바로 사랑의 비밀, 길들이기의 기적이다.

길들여진 관계에서 책임의 근본 태도는 상대에 대한 염려다. 사랑하는 상대의 행복함을 바라는 마음에 따라 세상을 바라보는 관점도 변한다. 길들여진 관계에 대한 책임은 윤리적인 의무에 그치는 것이 아니라 더 근원적으로 존재론적 염려에 뿌리를 내린다. 그것이 사랑의 신비로움이다.

니냐에 따라 세상의 모든 것이 달라지는 것이다….

여러분은 하늘을 처다보라. 그리고 이렇게 스스로 물어보라. '양이 그 꽃을 먹었을까 안 먹었을까?' 그러면 모든 것이 얼마나 달라져 보이는지 알게 될 것이다….

하지만 어른들은 그게 그토록 중요하다는 걸 아무도 이해하지 못할 것이다!

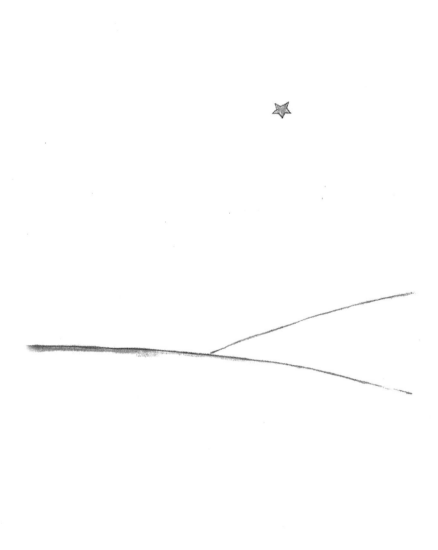

나에게 이것은 세상에서 가장 아름답고 가장 슬픈 풍경입니다. 앞에 나온 그림과 똑같은 풍경이지만 여러분에게 잘 보여주려고 한 번 더 그렸습니다. 바로 이곳이 어린 왕자가 지상에 나타났다가 사라진 곳입니다.* 여러분이 언젠가 아프리카의 사막을 여행하게 된다면 그곳을 확실히 알아볼 수 있도록 이 풍경을 찬찬히 보아두세요. 그리고 어쩌다가 그곳을 지나가게 된다면, 간절히 부탁하는데요, 서두르지 말고, 바로 저 별 아래서 잠시 기다려주세요! 만약 그때 어떤 아이가 당신한테 다가온다면, 웃음을 짓고 있다면, 머리칼이 황금빛이라면, 무슨 질문을 했는데 대답을 하지 않는다면, 여러분은 그가 누구인지 바로 짐작할 수 있을 것입니다. 그러면 나에게 친절을 베풀어주시길! 나를 이토록 슬프게 놔두지 말고, 어린 왕자가 돌아왔다고 빨리 편지로 알려주시길….

---

* 왼쪽의 마지막 삽화는 작품의 의미를 결론적으로 다시 보여준다. 보이는 것과 보이지 않는 것의 관계가 그것이다. 어린 왕자가 그려진 앞 그림과 어린 왕자가 지워진 마지막 그림은 실상은 같은 그림이다. 마지막 그림에서 보이지 않는 어린 왕자를 볼 줄 알아야 한다는 것, 사막에 뜬 하나의 별에서 어린 왕자의 별을 떠올리는 사랑의 마음을 가져야 한다는 것이다.

번역 후기

이 번역은 백한 번째 『어린 왕자』 번역이다. 『어린 왕자』의 우리말 번역은 너무나 많다. 그래서 앞으로 나오는 모든 『어린 왕자』 번역은 백한 번째라고 말하고 싶다. 이미 전 세계에 수많은 언어로 번역되었는데도 『어린 왕자』가 또 계속 번역되는 까닭은 무엇일까. 거기에는 상업적인 이유도 있겠지만 무엇보다 이 작품을 사랑하는 사람들이 너무도 많기 때문이라고 생각한다. 저마다 자기만의 언어로 어린 왕자를 다시 만나고 싶기 때문이다. 『어린 왕자』를 통해 만나는 어린 왕자는 우리가 잊어버린 우리 내면의 어린이의 모습이고, 순수한 우리 자신의 모습이다. 그래서 『어린 왕자』를 읽는 독자는 어린이든 어른이든 생텍쥐페리의 친구 레옹 베르트가 된다. 그리고 생텍쥐페리가 들려주는 어린 왕자와의 만남과 이별을 통해 함께 성장한다.

『어린 왕자』의 의미는 단지 '중요한 것은 눈에 보이지 않는다', '길들이는 것은 관계를 만드는 것'과 같은 몇 개 경구에 한정되지 않는다. 이 작품의 의미는 인생의 가치에 대한 깨달음, 삶을 이해하는 성장과 관련되어 있다. 그런 깨달음을 전달하는 방식은 복잡한 순환 구조를 갖고 있다. 『어린 왕자』의 의미와 구조의 핵심은 맨 앞에 있는 레옹 베르트에게 바친 헌사를 통해 잘 예시되고 있다. 『어린 왕자』는 단지 순수한 어린이를 통해 어른의 삶을 반성하는 이야기가 아니다. 『어린 왕자』는 어른들이 어린 시절로 돌아가서 어린이의 눈으로 삶의 가치를 반성하도록 이끌지만, 결코 어린이가 완벽한 존재라고 말하지 않는다. 전반부에서 어린 왕자는 순수하지만 아직 자기만의 세계를 벗어나지 못하는 유치한 존재이다. 하지만 여섯 개의 행성과 지구에서의 모험을 통해, 여우를 만나고 뱀을 만나면서, 사랑과 죽음을 이해하고 성장해간다. 그러니까 『어린 왕자』는 어른들은 어린 시절로 돌아가서 잊어버린 삶의 가치를 성찰하도록 이끌며, 동시에 어린이들이 사랑과 고통, 죽음을 배워가며 성장하도록 이끈다. 그래서 이 작품은 어른의 눈에는 동화로 보이지만 어린이의 눈에는 성장소설이라고 할 수 있다.

『어린 왕자』는 단순하면서도 심오한 책이다. 어린이가 주인공인 동화는 프랑스 문학과 설화의 역사에서 오랜 전통을 가지고 있다. 하지만 생텍쥐페리는 단순히 동화를 통해 교훈을 말하고자 하지는 않았다. 작가가 말하고자 하는 것은 삶에 대한 이해다. 정확히 말해서 참된 삶, 진지한 삶에 대한 이해다. 『어린 왕자』에서 가장 중요하게 반복되는 단어는 '이해한다'는 말과 '중요하다'는 말이다. 본문에서 조종사는 어린이 독자들에게 "우리는 인생을 이해"하고 있다고 말한다. 작가는 삶에서 사람들이 중요하다, 진지하다, 심각하다, 엄중하다고 끊임없이 내뱉는 단어, 프랑스어로는 'sérieux', 영어로는 serious가 도대체 무어냐고 묻고 있다. 『어린 왕자』는 진지하고 진정한 인생의 가치에 대한 성찰을 담고 있다. 그렇다면 무엇을 이해해야 참된 이해인가? 그것은 당연히 인간관계의 본질에 대한 이해이다. 그리고 그 이해가 어렵고도 소중한 까닭은 본질적인 것은 눈에 보이지 않기 때문이다. 본질적인 것은 시간 속에서 함께 길들이는 사랑과 그리움을 통해서만 이해되기 때문이다.

『어린 왕자』의 프랑스어 본문은 단순한 문체로 이루어져 있다. 하지만 영어 번역본이 주는 가벼운 느낌과는 다르게 좀 더 무겁고 여백이 많은 건조한 문체를 보여준다. 작가는 단순하고 건조한 문체를 통해 암시적이고 시적인 분위기를 만들어낸다. 그래서 프랑스어 원문은 훨씬 쓸쓸하고 우울한 느낌을 준다. 영어 번역본 중에 근래에 나온 리처드 하워드의 번역은 프랑스어 원문의 단어나 구조를 그대로 존중해 훨씬 건삽해졌다. 우리말 번역에서도 동화처럼 경쾌하거나 유려한 번역들이 적지 않다. 그것은 최초의 영역본이 끼친 영향이기도 하다. 게다가 미문의 유혹은 모든 번역자 앞에 놓여 있다. 번역에서는 '정조 없는 미인'이라는 오랜 표현이 있다. 번역문이 유려해지면 『어린 왕자』 원문의 건조함은 사라진다. 원문을 모르는 독자는 번역문의 미려함을 떨칠 수 없다. 하지만 독자들은 『어린 왕자』의 작가 생텍쥐페리가 인생에서 도전과 모험을 멈추지 않은 비행기 조종사이면서 자신의 삶을 문학에 담고자 했던 진중한 작가임을 기억할 필요가 있다. 이 글에는 땀 냄새와 고독과 인류애와 우정과 사랑을 삶과 글쓰기로 동시에 구현하려 한 생텍쥐페리의 굵직한 음성이 배어 있다. 그는 조금 투박할 정도로 문장들을 끊어서 툭툭 던지고 있다. 여백은 독자의 몫으로 남겨 놓고.

이 짧은 이야기는 그래서 천천히 읽어야 한다. 급히 읽으면 한두 시간이면 다 읽을 것이다. 『어린 왕자』의 이해는 그동안 대체로 이런 식의 단순하고 성급한 독서로 이루어진 것으로 보인다. 하지만 단순화된 문장과 많지 않은 단어, 그리고 단어와 문장의 반복을 통해 작가가 보여주는 것은 어운이 긴 여백이다. 그는 단지 어린이를 위해 쉬운 구조를 선택한 것이 아니다. 작가는 암시와 여백을 통해 더 많은 것을 전달하고자 시적 문체를 선택했다. 어른들에게는 하나하나 설명해줘야 하지만 어린이에게는, 공감과 상상력을 잃지 않은 사람에게는 구태여 설명하지 않아도 되기 때문이다. 어린이는 보이지 않는 관계를 읽어내는 능력을 갖고 있다. 그리고 작은 것과 큰 것, 가까운 것과 먼 것, 보이는 것과 보이지 않는 것의 관계를 상상할 줄 안다. 그래서 이번 번역에서는 성급한 독서의 흐름을 멈추고 천천히 음미하며 읽어가도록 하기 위해 각주들을 붙였다. 사실 대부분의 독자는 이 이야기를 알고 있다는 선입견 탓에 느긋이 상상력을 발휘하여 읽기보다 이미 알고 있는 내용을 확인하는 데 그치고 있는 것 같아서이다. 물론 각주는 글의 내용이나 형식의 여러 면을 살피는 자유로운 산책이 되도록 했다.

'어른들을 위한 동화'라고도 여겨지는 이 이야기는 그 안에 소설을 감추고 있다. 그러므로 한 대목씩 음미하며 천천히 읽어 나가야 한다. 그러면 헌사와 본문, 후기(명시되지는 않았지만 헌사처럼 본문과 다르게 편집되어 있다)라는 구조 안에서 작가의 유년기의 회상, 어린 왕자의 별세계 모험, 지구에서 만난 여우와 뱀한테서 배운 교훈, 즉 사랑과 책임, 죽음과 이별을 통한 성숙의 과정이 독자 자신의 내면의 경험인 양 신비로운 반향을 일으키고 있음을 느낄 수 있다. 더불어 글의 시작부터 던져지는 많은 경구들을 천천히 음미하면 이 짧은 이야기가 한 편의 인생론임을 알 수 있다. 더욱이 작가가 글과 함께 보여주는 멋진 삽화들은 여백과 어우러져 그윽한 시화(詩畫)를 이루고 있는데, 실상은 그 장면마다 인생에 대한 질문이 들어 있다. 삶에서 중요한 것은 무엇인가? 어쩌다가 우리는 그것을 잃어버렸는가? 다시 어디서 출발해서 어디로 향해 가야 하는가? 아침마다 급행열차에 몸을 싣거나 하루하루의 삶을 계산하느라 열심인 우리들, 허영심에 흔들리고 죽은 지식으로 머리를 채우는 우리는 다시 이 작은 책을 손에 들고 사막으로 떠나야 한다. 그때 우리는 분명 우리 곁에 머물다가 떠나버린 어린 왕자를 다시 만날 수 있을 것이다. 그리고 사랑하는 마음과 그리움이 세상을 아름답게 보이도록 한다는 진실을 다시 한번 확인하게 될 것이다.

『어린 왕자』는 생텍쥐페리가 미국에 체류하던 1942년에 쓰여 1943년 4월에 미국의 레이널 앤 히치콕 출판사에서 영어본과 프랑스어본이 나왔다. 프랑스에서는 1946년에서야 갈리마르 출판사에서 프랑스어본이 나왔다. 작가의 모든 작품은 갈리마르 출판사에서 간행되었는데 갈리마르의 작품전집 플레야드 총서로 생텍쥐페리 작품집이 나온 것은 1959년이다. 로제 카유아가 서문을 쓴 이 작품집은 작가의 소설들만 모은 것으로서 판본에 대한 주석이나 참고자료가 들어 있지 않다. 이후 작가의 편지들과 전쟁 중에 쓴 글들이 간행되었고 이들을 모두 담은 전집이 두 권으로 편집되어 1994년에 첫째 권이 나오고 1999년에 둘째 권이 나왔다. 『어린 왕자』는 둘째 권에 실렸다. 1946년에 나온 단행본의 폴리오 시리즈 수정본도 1999년에야 나왔다. 수정본에서는 어린 왕자가 자기 별에서 보았던 해넘이 숫자가 '마흔세 번'에서 '마흔네 번'으로, '소행성 3251'이 '소행성 325'로 수정되었고 삽화의 색상도 바로잡았다. 그러나 폴리오본과 플레야드 총서본은 삽화가 약간 다르다. 또 폴리오본 표지는 작가가 그린 그림을 두고 작가의 "수채화"가 함께 들어 있다고 쓰고 있는 반면 플레야드본은 작가의 "데생"이라고 쓰고 있다. 그 밖에 큰 차이는 없다. 본 번역은 1999년에 나온 플레야드 총서본을 기준으로 하였다.

프랑스어본에서 우리말로 번역한 『어린 왕자』 번역본

『어린 왕자』, 안응렬 옮김, 동아출판사, 1960.

『인간의 대지/야간비행/어린 왕자/남방우편기』, 안응렬 옮김, 동서문화사, 1978.

『어린 왕자』, 전성자 옮김, 문예출판사, 2020(초판1972).

『어린 왕자/생텍쥐페리의 편지』, 정소성 옮김, 투영, 2003.

『어린 왕자』, 김화영 옮김, 문학동네, 2007.

『어린 왕자』, 김현 옮김, 문학과 지성사, 2012(초판 1973)

『어린 왕자』, 장성욱 옮김 및 해설, 문예림, 2012.

『어린 왕자』, 송태효 옮김, 새로운사람들, 2014.

『어린 왕자』, 황현산 옮김, 열린책들, 2015.

『어린 왕자』, 고종석 옮김, 삼인, 2021.

그 밖에 참고한 생텍쥐페리의 글

『생텍쥐페리의 편지』, 안응렬 옮김, 수문출판사, 1995.

『어느 인질에게 보내는 편지』, 이현웅 옮김, 울력, 2008.

『인간의 대지』, 김윤진 옮김, 시공사, 2014.

『어린 왕자-출간 70주년 기념 갈리마르 에디션』, 정장진 옮김, 문예출판사, 2019.

『성채』, 염기용 옮김, 범우, 2022.

번역된 자료

나탈리 데 발리에르, 『생텍쥐페리-지상의 어린 왕자』(김병욱 옮김), 시공사, 2000.

레옹 베르트, 『생텍쥐페리에 대한 추억』(양영란 옮김), 끌리오, 1999.

르네 젤러, 『생떽쥐뻬리 : 생떽쥐뻬리의 위대한 모색』, 홍성사, 1983.

알랭 비르콩들레, 『생텍쥐페리의 전설적인 사랑』(이희정 옮김), 이미지박스, 2006.

야스토미 아유미, 『누가 어린 왕자를 죽였는가』(박솔바로 옮김), 민들레, 2018.

오이겐 드레버만, 『장미와 이카루스의 비밀』(고원 옮김), 지식산업사, 1998.

이브 르 이르, 「『어린 왕자』의 환상과 신비」, 『어린 왕자』(전성자 옮김), 문예출판사, 1972.

콩쉬엘로 드 생텍쥐페리, 『장미의 기억』(김선겸 옮김), 창해, 2000.

크리스토프 킬리앙, 『생텍쥐페리의 어린 왕자 백과사전』(강만원 옮김), 평단, 2016.

국내 자료

김화영, 『어린 왕자를 찾아서』, 문학동네, 2007.

배기열, 『쌩떽쥐페리 연구』, 경희대학교출판국, 1992.

법정, 「영혼의 모음 - 어린 왕자에게 보내는 편지」, 『무소유』, 범우사, 1999 (초판 1976).

신곽균, 「어린 왕자와 어른 왕 - 쌩떽쥐페리의 작품 『어린 왕자』와 『성채』를 중심으로」, 『동화와 번역』 5권, 건국대학교 동화와 번역 연구소, 2003.

이광섭, 『쌩떽쥐페리와 여성의 이미지』, 신아사, 1996.

장성욱, 『어린 왕자와 장미』, 인간사랑, 1994.

장성욱, 『생텍쥐페리와 어린 왕자』, 문예림, 2014.

전성기, 『어린 왕자의 번역문법』, 고려대학교출판문화원, 2016.

정연풍, 「쌩떽쥐페리의 작품에 나타난 언어 너머의 세계」, 『문학과 언어』, 서울대학교 불어교육과, 1994.

정연풍, 「『어린 왕자』에 나타난 어린이 자질」, 위와 같은 책.

황현산, 「'어린 왕자'에 관해, 새삼스럽게」, in 『사소한 부탁』, 난다, 2018.

황현산, 「『어린 왕자』의 번역에 대한 오해」, 위와 같은 책.

유종헌, "'어린 왕자' 최초 번역은 조선일보", 조선일보 2020년 12월 5일 기사. https://hub.zum.com/chosun/70471.

주 석 달 린

어린 왕자

초판 1쇄 발행 ㅣ 2022년 12월 24일

지 은 이 ㅣ 앙투안 드 생텍쥐페리
옮 긴 이 ㅣ 김진하
펴 낸 이 ㅣ 이은성
편　　집 ㅣ 구윤희
디 자 인 ㅣ 이윤진
펴 낸 곳 ㅣ 필로소픽
주　　소 ㅣ 서울시 종로구 창덕궁길 29-38, 4-5층
전　　화 ㅣ (02) 883-9774
팩　　스 ㅣ (02) 883-3496
이 메 일 ㅣ philosophik@naver.com
등록번호 ㅣ 제2021-000133호

ISBN 979-11-5783-274-3 03860

필로소픽은 푸른커뮤니케이션의 출판 브랜드입니다.